Mariechenkäfer flieg

Monika Stechbart

Mariechenkäfer flieg

Das Leben einer Frau
im Memelland (Ostpreußen) um 1900

Bibliografische Information der Deutschen Nationalbibliothek:
Die Deutsche Nationalbibliothek verzeichnet diese Publikation in der
Deutschen Nationalbibliografie; detaillierte bibliografische Daten sind im
Internet über http://dnb.d-nb.de abrufbar.

© 2010 Monika Stechbart
Satz, Umschlaggestaltung, Herstellung und Verlag: Books on Demand GmbH,
Norderstedt
ISBN: 978-3-8391-7546-0

Inhalt

Prolog

Tränenüberströmt saß die kleine Fünfjährige mit angezogenen Beinen auf dem alten, einzigen Sessel im Zimmer. Ihre Mutti war böse geworden mit ihr. Sie hatte ganz doll geschimpft, das war etwas Neues, Ungewohntes. Nach dem Baden, warm eingekuschelt, hatte die Kleine eine Schere gegriffen, die zum Beschneiden der Nägel herumlag, und hatte in ein winziges Löchlein des Sesselstoffes gepiekt, geschnitten, weiter geschnitten, bis es ein langer Spalt geworden war, aus dem irgendetwas herausquoll. Dann war die Mutter gekommen und es gab eine laute Schimpferei, von der die Kleine nicht alles verstand. Mutter war jedenfalls sehr böse mit ihr und darum liefen die Tränen.

Es war ein Jahr nach dem Zweiten Weltkrieg und alles, aber auch alles war Mangelware. Ein Sessel, und wenn er noch so alt war, wurde in so einer Zeit zur Kostbarkeit. Zuletzt hatte die Mutter gedroht: »Du kannst das jetzt selber wieder zunähen, da siehst du, was du angerichtet hast!« Dann lief sie aus dem Zimmer. Nun saß also das kleine Mädchen und weinte immer noch bittere Tränen. Sie konnte doch gar nicht nähen! Trotzdem stand sie auf, nahm aus der Schublade mit Nähzeug eine große Stopfnadel und einen wunderschönen dicken roten Wollfaden und begann, vor dem Sessel kniend und immer noch mit Augen voller Tränen, dieses schlimme lange Loch, so gut sie konnte, zuzunähen, immer hüber und rüber, wie es gerade kam.

Später, als der Schaden durch das grobe Nähen und die Wolle nun noch viel größer geworden war, lobte die Mutter ihr Kind trotzdem. Sie selber hatte die verflixte Schere ja neben der Kleinen liegen lassen. Da nahm die Mutter ihr Kind auf den Schoß, und um es zu trösten, erzählte sie ihm von ihrer eigenen Kindheit. Der Kleinen gefiel das sehr.

An diesem Abend begann eine lange Zeit der Gemeinsamkeit. Immer wenn Stromsperre war, wenn es kein Licht gab und man sich die Zeit vertreiben musste, erzählte die Mutter der kleinen Tochter von längst vergangenen Zeiten. Manches Mal sang sie ihrem Mädchen alte Volkslieder vor, bis die Kleine sie auch mitsingen konnte. Das waren für das Kind schöne Stunden, aber auch rechte Märchenzeiten, so wenig vermochte sie sich die Geschichten der Mutter als Wirklichkeit vorstellen. Jedoch die Mutter sprach von der Wirklichkeit, die sie selber und ihre damalige Familie in Ostpreußen erlebt hatten. Es waren lustige Alltagserlebnisse, Arbeitsvorgänge, die man im Heute und hier nicht mehr so kannte. Sie berichtete von Festen, Essgewohnheiten, Gebräuchen. Sie erzählte Witze und Schwänke und Komisches im Zusammenleben der Menschen. Auch von den schweren körperlichen Arbeiten in Haus, Feld und Wald sprach sie ihrem Kind. Beeindruckend auch wie selbstverständlich damals die Menschen Not und Schicksalsschlägen hinnahmen und trotz allem ihren Familiensinn und die Heimatliebe fast über allem stellten. Nicht die wenigen Adligen oder die vielen Tagelöhner waren ihre handelnden Personen, sondern die Groß- und Kleinbauernfamilien Ostpreußens.

Diesen weitergegebenen Geschichten und Erinnerungen aus der alten Ostpreußenheimat ist es zu verdanken, dass längst vergangene Menschen, Ereignisse und Zeiten im Kopf der kleinen Zuhörerin nicht in Vergessenheit gerieten. Erst Jahrzehnte später dann entstand der Wunsch, Menschen und Ereignisse weiterleben zu lassen in einer eigenen Geschichte aus jener Zeit. Wir sind die Letzten, die noch Zeugen sind, wie Deutsche im östlichsten Gebiet ihres Landes lebten, dieses Wissen legt die Verantwortung in unsere Hände zu erinnern. Hier nun eine Erzählung, in der – stellvertretend für alle – die Großmutter Emma, Bäuerin und Ahnin eines ostpreußischen Geschlechtes im späteren Memelland, ihr Leben, ihre Gedanken und Erlebnisse um 1900 wiedererstehen lässt.

Weder authentische Biografie noch Roman ist dieses Buch. Es ist vielmehr wie ein Stoff aus verschiedenen Fäden, Mustern und Garnarten zusammengewoben worden, ist Fantasiegebilde und Realität zugleich. Als Autorin erhebe ich daher keinen Anspruch auf die genaue Widerspiegelung der damaligen Wirklichkeit.

Im neuen Zuhause

Sie schrie ohne Unterlass, ohne Pause. Sie schrie in allen schmerzvollen Tönen, die es gab, sie brüllte zeitweise wie ein Tier. Nur wenn sie durch völlige Erschöpfung ohnmächtig war, herrschte Ruhe auf dem Hof. Erst dann konnte man wieder die natürlichen Geräusche der Landwirtschaft hören. Aus den Ställen drang das Quieken, Muhen, Blöcken der Tiere. Die Gänse, Enten, Hühner gackelten und schnatterten, die Menschen auf dem Bauernhof riefen sich etwas zu oder erzeugten Geräusche durch das Anschirren der Pferde, das Hacken von Holz oder das Kreischen der Säge. Im Haus lachten oder weinten Kinder, betriebsames Leben konnte man nun wieder wahrnehmen.

Ostpreußen, speziell Adomischken, war ja eine sehr einsame, ruhige Gegend. Die Bauernhöfe waren recht weit voneinander entfernt, da die meisten eigenen Felder direkt ums Gehöft herum lagen. Es war kein Dorf mit einem festen Ortskern. Wenn aber die kleine Jette in ihrer Not schrie, hörten es sogar die Hunderte von Metern entfernten Nachbarn.

Emma, eine der jungen Bäuerinnen des Hofes, war zum Glück nur Zuhörerin, trotzdem hielt sie es manchmal nicht mehr aus. Dieses animalische, tagelange Schreien war furchtbar. Dass ein junger, unschuldiger Mensch sich so quälen musste.

Jette, die da so schrie, war gerade fünfzehn Jahre alt und dem Tode nah, Rettung gab es nicht mehr. Ihr Wille, ihre Seele, ihr Geist sträubten sich noch, wollten am Leben festhalten, sie schrie vor Schmerzen, aber auch sicher vor Angst. Schon seit Tagen ging das so, sie wehrte sich noch, jedoch ihr Körper verweste bereits. Jette, kleine freundliche Jette. Warum? Warum so ein grausamer Tod? Emma lief, sooft sie Zeit hatte, in die

Felder, lief weg vor dem Elend und dem Kummer. Die langen Röcke schlugen ihr um die Beine, unbewusst raffte sie diese, um schneller laufen zu können. Die Holzpantinen an den Füßen hinderten sie auch beim Laufen und die Tränen rannen ihr über das Gesicht. »Gott, mein Gott, dass du so etwas zulassen kannst, warum verstehen wir Menschen deine Wege nicht? Jette hat doch nichts Böses getan, warum muss sie so furchtbar grausam sterben?« Emma setzte sich müde an einen Feldrain, sie zog die Holzpantinen von den Füßen, strich ihre braunen Arbeitsröcke glatt und schluchzte laut. Als sie sich satt geweint hatte, betrachtete sie die friedlich daliegenden Felder und Wiesen. Einsam, aber schön war es hier. Störche staksten schon auf den Feldern, die frisch gepflügt waren. Emma aber dachte über die Merkwürdigkeiten des Lebens allgemein und auch über die ihres eigenen Daseins nach.

Eigentlich sollte ihr Leben doch jetzt voller Sonne und Glück sein. Sie war frisch verheiratet, ein junges Beieinander, eine erfüllte Liebe, ein neues gemeinsames Leben für sie und Emil, ihren Mann, ihren Liebsten. Eigentlich war sie doch nun glücklich. Aber es sah im Moment nicht so aus. Emma wusste nicht einmal recht, wo sie dieses Mal hingelaufen war, nur weit, weit weg vom neuen Zuhause sollte es sein. So weit, dass sie die Schreie ihrer Schwägerin, die das gesamte Leben auf dem Hof lähmten, nicht mehr hören konnte. Selbst die zärtlichen Stunden, die es in ihrer jungen Ehe gab, waren überschattet von schwarzen Gedanken um Jettes Schicksal. Nun hatte sie, Emma, endlich das Glück gefunden und schon war es getrübt, überschattet von anderem, Bösem, Unausweichbarem. Gab es denn nichts Vollkommenes auf dieser Welt? Emma wischte ihre Tränen weg, schnäuzte sich in einen ihrer Unterröcke, sie begann, Grashälmchen zu zerzupfen und weit in die Ferne in den Himmel zu schauen.

Vor einigen Tagen hatte Emmas Schwägerin Jette plötzlich Leibschmerzen bekommen, die niemand bei einem jungen pubertierenden Mädchen ernst nahm. Mädchen hatten oft Beschwerden in der Pubertät. Die Eierstöcke und Geschlechtsteile wuchsen, das gab Druck auf andere Organe. Undefinierbare Schmerzen an Leib und Seele waren in diesen Jahren etwas Normales. Da aber die Schmerzen stärker geworden waren, die Hausmittel nicht halfen, hatte man Jette endlich mit diesem nicht enden wollenden Bauchgrimmen zum Doktor gefahren.

Dick eingepackt lag sie, auf Stroh und Decken, in einem kleinen Panjewagen. Mit demselben Wagen holte man sonst Heu und Grünfutter für ein, zwei Tage vom Feld. Auf diesem holpernden, ungefederten Gefährt fuhr man also Jette nach Willkischken zum Arzt. Einen Arzt direkt in der Praxis aufzusuchen kam selten, eigentlich so gut wie niemals vor, man muss sich die ländlichen Entfernungen und versteckten Lagen der einzelnen Gehöfte vorstellen, um verstehen zu können, dass es auch für den jeweils Kranken viel zu lange dauerte, bis der Arzt zu ihm gelangen konnte. Daher war es üblich, die Kranken zum Arzt zu bringen. So auch die kranke Jette. Nach der Untersuchung des Mädchens schüttelte der Arzt nur den Kopf, gab ihrem Vater eine schmerzstillende Medizin mit und mit einem stummen Abwinken schickte er die beiden wieder nach Hause. Noch einmal zwölf Kilometer Holperweg, besonders das letzte Stück war eine Tortur für das junge Ding.

Es war zu spät. Ein geplatzter Blinddarm. Bis nach Tilsit ins Hospital oder nach Königsberg in ein Krankenhaus war es zu weit und zu teuer, für alles war es zu spät, es blieb nur Abwarten auf das Ende. Jette würde warten müssen, bis der Tod sie endlich erlöste. Dem Vater rannen auf dem ganzen Weg unaufhörlich die Tränen, die er ärgerlich mit dem Handrücken wegwischte. Männer weinten nicht! Er schniefte. So stark war er und konnte seinem Liebling damit nicht helfen. Er fuhr sein todkrankes Kind nach Hause, das noch vor einigen Tagen so voller Lebensfreude gewesen war. Das Schicksal war ungerecht, wie sollte er da nicht weinen. Nie wieder würde Jette betteln: »Papachen, nimm mich mit!« So fuhr er sie zum letzten Mal heim. Das letzte Mal nach Adomischken, nach Hause, um sie dort sterben zu lassen. Am Ende seines Lebens, wenn jede Hilfe zu spät kommt, ist jeder wohl am liebsten zu Hause.

So hatten Emmas Schwiegereltern ihr Mädchen hinten, über dem Hof in einem der Gesindestübchen über den Ställen untergebracht, um ihr Sterben, ihr Schreien nicht zu nah ertragen zu müssen. Denn alles, was da auf dem Hof lebte, forderte sein Recht, es gab kleine Kinder im Haus und das Leben musste trotz allem weitergehen. Oft schaute jemand von der Familie nach ihr, der sterbenden Jette, sie wurde gewaschen, bekam die Betten aufgeschüttelt, die nötige Medizin und viel zu trinken, mehr konnte man nicht mehr für sie tun, außer beten. Ihre Mutter gab ihr oft ein Tuch, auf das sie beißen konnte, jedoch es hielt nie lange, Jette zerriss jeden neuen Stofffetzen in kürzester Zeit vor Schmerzen in winzige Stückchen.

Niemand konnte diesem Sterben lange zusehen. Selbst die Schwiegermutter, mit Gott und dem Schicksal ihres Kindes hadernd, hielt den sich verbreitenden Gestank in der kleinen Kammer und um Jette herum nicht lange aus. Und dann das Schreien, selbst die Tiere des Hofes hielten unnatürliche Ruhe, sobald Jette bei Bewusstsein war. Auch Emma ging nur, wenn sie unbedingt musste, zu ihrer kleinen Schwägerin. Ihr Schicksal war zu bedrückend und Emma vertrug die Gerüche in der Kammer nicht.

Emma übergab sich sowieso oft des Morgens, denn sie war schwanger. Ihr erstes Kind sollte geboren werden, ein Kind der Liebe, einer stürmischen Liebe, die so viel körperliche Anziehungskraft besaß, dass sie, die ach so Vernünftige, Enthaltsame, irgendwann den Verführungskünsten erlegen war. Dass ihr, ausgerechnet ihr, der besonnenen ruhigen Emma, so etwas passieren konnte! Und das noch in ihrem Alter. Sie hatten die Hochzeitsnacht nicht abgewartet. Genau genommen war vor der Schwangerschaft von einer baldigen Hochzeit noch nicht gesprochen worden, aber dann kam plötzlich alles ganz schnell. »Manchmal kommt man zum Kind schneller als zu einem neuen Hut«, lachten die Alten. So hatte es eine etwas hastig angesetzte Hochzeit noch im Dezember gegeben.

Trotz offensichtlicher Eile wurde sie groß gefeiert. Das war zu dieser Zeit üblich bei allen größeren Bauern der Gegend, man kam so selten zusammen, jede Gelegenheit wurde daher weidlich ausgenutzt. Emma hatte ein neues festliches schwarzes Kleid bekommen, das sie auch weiterhin zu allerlei Anlässen würde tragen können. Ein kleiner weißer Schleier wurde tief in die Stirn gerückt, mit einem nicht ganz geschlossenen Myrtenkranz, da sie nicht mehr Jungfer war. Die offene Stelle im Kranz wurde geschickt überfrisiert und war kaum zu sehen. Ein hübscher Blumenstrauß vollendete das Aussehen Emmas. Der Kranz war gebunden aus ihrer selbst gezogenen Myrte, die alle jungen unverheirateten Frauen auf ihrer Fensterbank bis zur Verheiratung pflegten. Sie hatte sich auch neue schwarze Schuhe gekauft, trug dann aber später doch die eingelaufenen Sonntagsschuhe. Wer will schon die eigene Hochzeit mit schmerzenden Füßen verderben? Emil hatte noch von seiner gerade absolvierten Wanderzeit einen guten schwarzen Anzug aus Italien, der bestens geeignet war, um zu heiraten. Er sah fesch aus mit seinem kecken Schnauzer, braun gebrannt und mit schönem vollem Haar. Ein winziges Myrtensträußchen in der Brusttasche wies ihn als den Bräutigam aus. Die Geschwister waren gekommen, soweit sie es in der Eile konnten. Die Familien waren sich kaum fremd, da die meisten im gleichen Ort aufgewachsen waren.

Und so wurde aufgetischt, was Ställe und Felder hergaben, und auch manch andere Delikatessen waren dabei. Aus dem entfernten Tilsit oder dem nahen Wischwill hatte man Gewürze und süße Leckereien herbeigeholt, alles sollte vollkommen sein. Ja, es war eine Hochzeit, wie sie sein sollte.

Zu Weihnachten hatten sie beide schon in Emils ehemaliger Stube und einer danebenliegenden Kammer ihr Heim eingerichtet. Beide hatten die Kammer als Schlafstelle gewählt, damit ihnen die Stube als eigene Wohnstube blieb. Es gab ja eine Stube für alle Familienmitglieder. Diese »gute Stube« aber wurde nur zu besonderen Anlässen genutzt, damit alles über Jahrzehnte neu und schön blieb. Gekocht und gelebt wurde von und mit allen in der riesigen Bauernküche. Auf dem Bauernhof der Schwiegereltern hatten Emma und Emil vorerst ihr eigenes Reich eingerichtet, um einmal für sich sein zu können und um dem kommenden Baby ein eigenes Zuhause auf dem Hof zu geben. Bei Emmas Eltern war zwar mehr Platz, aber ein Teil ihrer sieben Geschwister lebte noch dort oder kam regelmäßig nach Hause, und so zog Emma eben vorerst in Emils Elternhaus am anderen Ende Adomischkens.

Die Räume waren frisch tapeziert, eine hübsche Kristalllampe an der Decke strahlte nicht nur Behaglichkeit, sondern auch ein bisschen Vornehmheit aus. Neue Gardinen waren kunstvoll gesteckt und die Fensterbänke voller Blumentöpfe. Emma hatte mit liebevollen Händen ihre Aussteuer in die Schränke geräumt, ihre schöne Truhe, ein Geschenk der Großmutter, und ihren neuen beschnitzten Schrank aufstellen lassen. Sie hatte eine hübsche kleine Sesselecke aus Korbgeflecht mit selbst besticken Kissen aufgelegt, ihre Mandoline und einige Bildchen an die Wände gehängt und war fürs Erste sehr zufrieden. Emil baute an einer Wiege für ihr Baby. Emma dachte oft an ihr Baby, mochte sich für das neue kleine Leben in ihr so ein

Jetteschicksal nicht vorstellen, sie liebte ihr Kind schon jetzt, sprach oft mit ihm, streichelte und beruhigte es, erklärte ihm die Welt. Wenn sie allein war, sang sie ihm Lieder und lachte mit ihm, wenn es gar so arg strampelte.

Sie hatte nicht mehr daran geglaubt, noch eine eigene Familie haben zu dürfen. Mit 26 Jahren zählte sie zu den »späten Mädchen«, eine nettere Bezeichnung für »alte Jungfer« im Ort. Sitzen gebliebene Mädchen mussten, wenn die eigenen Eltern einmal tot waren, sehen, wo sie blieben. Oft dienten sie verbittert einem ihrer Geschwister als Kinderhüterin oder Mädchen für alles. Selten nur hatte eine von ihnen eine Arbeit, mit der sie sich selber ernähren konnte. Darum die Freude, der Stolz, doch noch Ehefrau geworden zu sein, Mutter zu werden. Ihr bekamen die anderen Umstände gut. Ihre Eltern meinten, Emma wäre schöner geworden in der Schwangerschaft, es schien ein Leuchten von ihr auszugehen, ein erwartungsfrohes Lächeln hatte sich in ihrem Gesicht festgesetzt. Auch ihre schon leicht rundliche Figur gefiel ihr selbst sehr gut. Oft betrachtete sie sich beim Waschen von der Seite. Man sollte weitere Röcke tragen, damit man den Bauch mit dem Kind noch nicht so sah, man sollte das »Werdende« verstecken, solange es eben ging, sagten die alten Frauen, aber Emma war stolz, ein Kind zu bekommen, zeigte es allen, Fremde kamen ja sowieso selten vorbei.

Emma wusste sehr wohl, dass sie keine Schönheit war. Sie war schlank, ja, aber das waren die meisten Mädchen hier, das kam vom vielen Arbeiten und Wege bewältigen. Sie sah aus wie andere Mädchen auch, gerade gewachsen, gesund mit schönen Zähnen und einem hübschen Lächeln, aber es gab nichts Bemerkenswertes, nichts Besonderes an ihr. Es sei denn ihr Verstand, der ihr schon so manches Ungemach gebracht, aber auch erspart hatte. Ihre Fähigkeit, rational zu denken, die ihr manches Gute ermöglicht hatte. Der Vater war von jeher stolz auf sie gewesen. »Zwischen all den Jungen endlich etwas fürs Herz«, hatte er bei ihrer Geburt gesagt. Bei Mädchen allerdings schadete Verstand oft nur, war die immer schon gängige Männermeinung. Die Männer wollten die Hausherren, die »Bestimmer« sein, sie hatten zumeist Respekt vor Frauen mit Verstand, was im Liebesleben ja nur hinderlich sein konnte. Gescheite Männer gingen Mädchen mit einem eigenen Kopf tunlichst aus dem Weg, das war allgemeine Sitte. Es sei denn, diese Mädchen waren so klug, bis nach der Hochzeit vor der Umwelt und dem Bräutigam gut zu verstecken, was sie wirklich so alles konnten und dachten. Emma jedoch hatte sich nie versteckt, sie zeigte offen ein gesundes Vertrauen zu sich selbst, ihren Kräften, ihren Möglichkeiten. Als einziges Mädchen unter sechs Geschwistern hatte sie sich immer durchsetzen müssen, viel und gern gearbeitet, aber auch gelernt, den Mund zu halten, wenn es ihr geraten schien. Sie las gern und viel in ihrer Freizeit, liebte es, schwierige Handarbeiten zu machen, konnte wunderbar kochen, außerdem hatte sie eine sehr gute Altstimme und spielte mehrere Instrumente.

Als fünftes von sieben Kindern hatte sie wie gesagt gelernt, sich mündlich und körperlich durchzusetzen, so schnell war sie nicht ins Bockshorn zu jagen, Emma ließ sich nichts gefallen. Trotzdem hatten die Eltern und älteren Brüder das Sagen in der Familie. Nicht umsonst sprach alle Welt vom ostpreußischen Dickschädel. Die Männer waren es so gewohnt, auf ihren einsamen Höfen der Herr zu sein, dass sie sich selten mal einer fremden Meinung unterwarfen. Mit einem »Schabber nich!« (»Rede doch nicht!«) wurden andere Meinungen kurzerhand erledigt. Einen Beruf hatte Emma als Mädchen natürlich nicht lernen dürfen, sie half den Eltern von früh bis spät auf dem Feld und in der Wirtschaft, wie alle unverheirateten Mädchen im Ort. Auf dem Heiratsmarkt aber hatte es für sie nicht allzu viele Chancen gegeben ohne besonders gutes Aussehen oder nennenswerte Aussteuer durch ihre Eltern. Sie kam ja auch nirgends hin, außer einmal zu einer Familienfeier oder zur Verwandtschaft. Schustern, Szugken, Krakischken hier in der Nähe waren auch nur Dörfer und in Wischwill, Tilsit, Tauroggen oder Willkischken hatte man immer nur schnell etwas zu erledigen. Wen sollte sie da schon kennenlernen? Emma hatte noch fünf Brüder, welche die Eltern viel Geld für ihre Ausbildungen gekostet hatten. Ein Mädchen heiratet, da ist Lehrgeld verschwendet. Dumm nur, wenn es anders kommt. Emma konnte höchstens davon träumen, einmal eine eigene Familie zu haben. Dazu kam, dass sie nicht gern auf dem Feld arbeitete. Schwiegermütter aber wollten fleißige Töchter, jedenfalls bei ihnen zu Hause. Knechte waren teuer und Hausarbeit zählte nicht, die war selbstverständlich und die machten die alternden angekränkelten Mütter lieber selber.

Emil, ihr Schatz, war wie ihr eigener Vater lange Jahre auf Wanderschaft gewesen, hatte manche Frau mit Verstand getroffen und schätzen gelernt. Mit einer klugen Frau kam auch ein Mann besser durchs Leben, war seine ganz persönliche Meinung. Emil hatte bei Emmas Eltern einen Ofen neu gerichtet und er war, wie es der Zufall wollte, bei der Hochzeit einer Cousine für einen ganzen Tag in Willkischken ihr Tischherr gewesen. Sie hatten sich die vielen Stunden über wunderbar unterhalten und miteinander getanzt. Er war drei Jahre jünger als sie, und so gab Emma sich ungezwungen, er war ja kein »Kandidat« zum Heiraten. Ja, so war es wohl, sie konnte sich ungezwungen zeigen, wie sie wirklich war, eine liebenswerte, sich immer für Neues begeisternde junge Frau. Interessiert an allem war sie und eine gute, aufmerksame Gesprächspartnerin. Emma konnte zuhören, und sie wusste, dass Männer so etwas mochten.

Als Kinder waren sich Emil und Emma kaum begegnet. Gemeinsame Spiele mit all den Nachbarskindern gab es selten durch die gegebenen Entfernungen. Wegen ihrer drei Jahre Altersunterschied begegneten sie sich auch in der Schule kaum. Später ging Emil mehrere Jahre auf Wanderschaft. Und so kam es, dass sie erst jetzt bewusst kennenlernten. Tja, wat nich iss, kann noch warn! Und so war es dann auch.

Emil schien zu gefallen, nicht einen ganzen Tag lang dummes Kleinmädchenkichern ertragen zu müssen, sondern in interessante Gespräche verwickelt zu werden, erzählen zu können von seinen Erlebnissen in der Welt.

Emil war noch nicht lange wieder zu Hause und berichtete gern davon, was er erlebt und gesehen hatte. Hier aus den hintersten Gegenden den Weg in die weite Welt zu finden und in ihr zurechtzukommen schien Emma wie ein Wunder. Und doch suchte jeder gute Handwerker diesen gefahrvollen Weg für sich, um einmal zu Hause geachtet zu sein. Wie sollte man sonst etwas lernen über neue Techniken und Werkzeuge, über neue Entwicklungen überhaupt, hier im tiefsten Osten Deutschlands? Eine jahrelange Wanderschaft war oft die einzige Chance, Neues zu lernen. Die Schweiz, Österreich, Spanien und Frankreich waren Quelle zahlloser Fragen für Emma. Ach, sie würde wie Emil oder ihr Großvater und Vater so gerne reisen. Auch für Emils Steckenpferd »Rechte und Ordnung im Staat« interessierte sie sich. Und so kam es, dass die fremde Hochzeit endete, ohne dass Emma und Emil der Gesprächsstoff ausgegangen wäre. Nur so konnte es sich Emma auch erklären, dass Emil sie am Ende des Tages herzlich bat, doch zum nächsten Dorftanz ihres Nachbarortes Szugken zu kommen. Sich wiedersehen und weiterreden, meinte er. Nach einigem Zögern sagte sie zu.

Sie bereute es nicht. Alle anwesenden jungen, oft auch hübscheren Mädchen ließ Emil links liegen und tanzte nur mit Emma. Sie war nicht wenig stolz darauf, war Emil doch ein großer, gut aussehender Mann mit einem feschen kleinen Bärtchen. Manchmal wagte sie ihn gar nicht anzuschauen, glaubte sich in einem Traum, der zerplatzen könnte.

Nachts dann brachte er sie, in allen Ehren, nach Hause. Ein weiter Weg so im Dunkeln und zu Fuß. Ja, es war dunkel und ihr Herz schlug stürmisch. Sie, Emma, ging wirklich Händchen haltend mit einem Kavalier durch die Nacht. Und was für ein fescher Mann! Eigentlich war er ihr zu jung, aber seine unbekümmerte Art, die interessanten Gespräche, sein Lachen und nicht zuletzt sein gutes Aussehen trieben sie immer wieder zu den Verabredungen, die folgten.

»In allen Ehren« blieb es bei ihren Begegnungen nicht immer. Emil hatte, wie sie merkte, auf seinen Wanderungen offensichtlich nicht nur Berufserfahrungen gesammelt. Wenn seine Hände und sein Mund ihre zärtlichen Wege nahmen, hatte Emma dem nichts mehr entgegenzusetzen, sie genoss es, begehrt zu werden. Und sie hatte ja in dieser Hinsicht so viel nachzuholen, sie war wie vom Christkind beschert von seinen Zärtlichkeiten. Das konnte keine Sünde sein. Er war schon ein Verführer, wenn er wollte, der Herr Gehlhaar. Ruhige Plätze gab es allerorten, Scheunen und Heu sowieso, und bald war es denn so weit und Emma war unerlaubt schwanger.

Ihre Mutter weinte bei der Nachricht, aber der immer muntere Vater nuschelte sich in den Bart: ›Tja, wer spielt, ist vorm Gewinn nicht sicher.« Ängstlich wegen der zu erwartenden Reaktion der Eltern hatte Emma von ihrer Vermutung berichtet. Neben aller Angst war sie jedoch seltsam stolz, so etwas beichten zu müssen. Emil aber fackelte nicht lange, sie passten in allen Bereichen sehr gut zueinander, Aussteuer hin oder her, sie gefiel ihm, gefiel ihm sogar sehr. Und so wurde Emma Faesel, ein »spätes Mädchen«, noch ehe es Weihnachten war, mit 26 Jahren, ihrem Emil Gehlhaar angetraut. Und die Eltern, vor lauter Freude über das Glück ihrer Tochter, stellten sogar mehr an Aussteuer bereit, als Emma gedacht oder geahnt hatte. Emma war froh, kam sie doch nicht ganz mit leeren Händen zu ihrem Mann und vor allem zu ihren Schwiegereltern.

Nun war sie also verheiratet, sollte ein Baby haben, alles war letztendlich gut gelaufen in ihrem Leben, sie bekam doch noch ihre eigene Familie, brauchte später nicht ihren Schwägerinnen zur Last fallen. Alles hätte gut sein können.

Aber da gab es Jette, das arme Kind!

Emma weigerte sich, weiterzudenken. Genug gegrübelt, das Leben war schließlich schön! So halfen ihr die weiten Spaziergänge, wieder zu sich zu finden, das Leid im Haus zu verdrängen. Langsam lief Emma die Wege wieder zurück, es wurde noch empfindlich kühl abends im Freien. Sie half niemandem damit, wenn sie nun auch noch krank wurde, schon gar nicht ihrem werdenden Kinde.

Wieder zu Hause angekommen ging das Leben weiter wie gewohnt. Wie ist das möglich, dachte Emma, hier quält sich jemand zu Tode und nichts ändert sich, außer vielleicht für die Eltern und Geschwister, aber auch die aßen, tranken, arbeiteten, lebten fast wie immer. Und wenn man eine noch so große Familie, noch so viele Freunde hat, Emma erkannte mit leichtem Grauen, dass jeder Mensch gewisse Wege alleine gehen muss, den letzten auf jeden Fall.

Man hatte das Zählen der Stunden vergessen, als es endlich für immer still in Jettes kleiner Kammer wurde. In den frühen Morgenstunden war Jette von der Magd tot aufgefunden worden. Trauer? Trauern fiel allen Familienmitgliedern schwer, da die Erlösung des Kindes so offensichtlich war. Jette war endlich die Gnade widerfahren, nicht mehr aufwachen zu müssen. Sie war aus dem Leben gerissen worden, ohne die Liebe, das Leben an sich überhaupt kennengelernt zu haben, darum trauerte man, jeder im Ort sprach von diesem nicht gelebten, unschuldigen Leben. So manche Mutter musste ihr Kind damals, oft auch noch jüngere Kinder, als Jette gewesen war, in Gottes Hände zurücklegen. »Gott braucht auch junge unschuldige Engelchen«, versuchten sich die Mütter zu trösten.

Das Leben auf dem Lande vertrug keine zimperlichen, verweichlichten oder empfindsamen Menschen. Es war Ostpreußen im neuen Jahr 1903. Leben und Sterben lagen oft nah beieinander, gehörten zum Alltag. Kaum eine Mutter konnte, wie schon gesagt, all ihre geborenen Kinder aufziehen, kaum ein Pärchen wurde alt miteinander, obwohl es hier in Ostpreußen an die hundert Jahre keinen Krieg mehr gegeben hatte. Unfälle und unheilbare Krankheiten taten das ihre. Tiere wurden geboren, gepflegt, geliebt, geschlachtet und neben den Früchten aus Feld und Garten gegessen. Sterben war so normal wie leben. Aber so wie Jette zu sterben! Alle hatten sie Jette geliebt oder zumindest gemocht, dieses immer fröhliche, neugierige, hübsche junge Mädchen, auch Emma hatte sie gern, obschon sie dieselbe nur wenige Wochen näher gekannt hatte.

Endgültiges

Wegen des Verwesungsgrades der jungen Leiche hatten sie beim Pfarrer eine schnellstmögliche Beerdigung bestellt. Aber die behördliche Zustimmung fehlte noch. Wieder einmal lief Emma weinend zum Pferdegatter, schräg durch die Felder, um Emil sein Mittagessen zu bringen und ihm zu berichten, dass es an einer amtlichen Bestätigung aus Willkischken liege, wann man Jette nun beerdigen könnte. Emil sollte sofort nach dem Essen mit dem Fuhrwerk nach Willkischken ins Amt fahren, die Formalitäten erledigen. Emmas Augen waren vor Tränen blind, in Gedanken noch bei der armen verstorbenen Jette und auch schon ein bisschen bei den Vorbereitungen zum Trauermahl.

Sie bemerkte den die Felder durchziehenden Wassergraben erst in letzter Minute und sprang, um nicht hineinzustürzen, darüber hinweg.

Sie sprang und sie schrie, krümmte sich vor Schmerzen, rief nach Emil. Der konnte ihr dann aber, als er sie endlich gehört hatte und kam, nur noch helfen, ihr totes Baby in die Schürze zu wickeln. Er versuchte, sie nach Hause zu bringen, musste Emma aber trotz des kalten Bodens an einem Feldrain liegen lassen und Hilfe holen. Emma weinte und flehte. »Lieber Gott, das kannst du nicht gewollt haben, nein, nein, nein!« Aber es war so. Emma und Emil hatten ihr Kind verloren.

Und so kam es, dass zwei Väter in der Familie am gleichen Tag ihre Kinder zu Grabe trugen, zwei Mütter sie beweinten und nicht verstehen konnten, warum Gott so etwas zugelassen hatte. Und so kam es auch, dass Jette, als sie beerdigt wurde, auf ihre große Reise ins Unbekannte ein Püppchen, ein Baby, Emmas Baby, in ihr Grab mitnahm. Jette musste also nicht so allein von dieser Erde, Emma aber war dies kein Trost, tagelang sperrte sie sich in ihre kleine Wohnung ein.

Jedoch die Zeit würde vergehen, musste vergehen, und Emma war gesund, hatte bewiesen, dass sie ein Kind bekommen konnte, es würde wieder gehen.

Sommerwind

von Max Gemmel (unbekannter ostpreußischer Dichter und Architekt, 1906–1945)

Starker junger Wind im Laubwerk wühlt,
See und jungen Roggen lässt er wogen.
Selig hab ich ihn im Haar gefühlt,
ihn mit Haut und Lungen eingesogen.

Jetzt möchte ich im hohen Walde stehn,
angelehnt an eine Kiefer, lauschen
wie die warmen Winde durch die Kronen wehn,
urgewaltiger als Orgelbrausen.

Drüben möchte ich auf Heidehöh'n
rennend mich vom Wind umknallen lassen,
dann mit heißem Herzschlag droben stehn,
in den Blick die blaue Ferne fassen.

Nach den weißen Wolken wie ein Kind
reck ich mich in jauchzendem Vergnügen,
ach, je mehr ich trink von diesem Wind
wächst du Durst, die Sehnsucht, mit zu fliegen.

Alles arrangiert sich

Eine Hochzeitsreise?«, rief Emma überrascht. »Wir sind doch keine feinen Leute!« Emil versuchte, sie zu beruhigen. »Du hast es verdient und wir können es uns leisten.« Emma war nervös. Sie konnte sich nicht vorstellen, wegzufahren und dem Hof den Rücken zu kehren. »Aber die ganze Arbeit, wer soll denn die ganze Arbeit machen, wenn wir weg sind?« Emil blieb stur. »Wir werden verreisen, da wir es zur Hochzeit nicht konnten. Bald ist unser Kind da und dann geht es wieder nicht mehr. Wir werden verreisen und alles andere wird sich finden, auf dem Hof leben genug Leute.«

Und es fand sich. Und Emma, obwohl längst wieder schwanger, freute sich wie ein kleines beschenktes Kind. Drei Wochen Nidden! Nidden an der Kurischen Nehrung.

Emma war so voll Leben, so voller Freude, genoss die Zeit in vollen Zügen. Alles wollte sie sehen, fühlen, erleben. Die Dünen, die Ausblicke auf das viele Wasser rundum. Die wunderbaren blutroten Sonnenuntergänge über dem Meer. Überhaupt die Sonne, die hier anscheinend mit viel mehr Kraft schien als zu Hause, der Strand am Bodden, die Menschen, die sich dort tummelten. Nur Baden ging nicht mehr mit dem Bäuchlein, das sie wegen des Kindes schon hatte. Das Wasser war ohnehin noch recht frisch jetzt im Juni, aber mit den Füßen in den Wellen wandern, das war wunderbar. Sie wohnten in einem kleinen strohgedeckten Fischerhäuschen nahe dem Haff. Eine süße Wohnung hatten sie hier ganz für sich allein. Alles, was man zum Kochen, zum Leben benötigte, fanden sie in der winzigen Küche. Ein gemauerter Herd mit drei Kochlöchern, die man mit Eisenringen größer oder kleiner machen konnte. Kellen, Nudelholz und Siebe hingen an Haken. Steingutgeschirr und deftige Holzlöffel vervollständigten die Ausrüstung. In der Stube gab es neben einem Himmelbett sogar ein Plüschsofa und mehrere Stühle. Statt eines Schrankes waren mehrere Haken in die Wand geschraubt, an die man die Kleidung hängen konnte. In einer kleinen Kommode verstaute Emma Unterwäsche und Strümpfe. Obenauf ihre Haarbürste, einen Kamm und Creme für Hände und Gesicht.

Es gab noch nicht lange Tourismus auf der Kurischen Nehrung, Künstler hatten diese Region für sich entdeckt, andere Leute waren bald gefolgt. Die »preußische Sahara«, wie die Dünenlandschaft auf der Nehrung hieß, hatte etwas Exotisches an sich, das besonders Maler anzog. Die Fischer sahen durch ihre jahrhundertelange Abgeschiedenheit und ihre Armut hart aus, hatten strenge, kantige Gesichter.

Viele Menschen hier waren zum Teil noch voller Aberglauben, aber auch voll tiefer erdverbundener Religiosität, das prägte diesen Menschenschlag und regte die Künstler immer wieder zu neuen interessanten Werken an. Die besondere Bestattung der Toten, ihre Friedhöfe mit heidnischen Symbolen, die Sprache und die einfache Bauart ihrer Häuser und Boote muteten Zugereisten zugleich fremd und interessant an, da sie in Jahrhunderten, von der übrigen Welt abgeschieden, eine eigene, andersartige Kultur entwickelt hatten.

Die Wanderdüne bei Nidden war eine düstere und bedrohliche Macht ursprünglich auch direkt für den Ort, seine Menschen und Häuser. Das Dorf Karweiten verschwand gegen 1785 gänzlich unter den Sandmassen. An Teilen der Küste wurden diese aber jetzt durch Pflanzmaßnahmen eingedämmt. Sie blieben in Teilen jedoch erhalten und bildeten nach wie vor ebenfalls ein beliebtes, wenn auch immer noch gefährliches Malobjekt. Zehn Minuten Wanderung genügten Emma und Emil und sie konnten von den Holzstegen auf der Düne den wunderschön rot brennenden Sonnenuntergang erleben, vorsichtig musste man sein, wohin man hier trat, denn der lose Treibsand hatte schon Mann und Maus verschluckt, ganze Kindergruppen waren im Sand auf der Nehrung »ertrunken«, hieß es. In Haffrichtung konnte man sogar im Dunkeln ferne Lichter, vielleicht gar von Rossitten oder anderswo sehen, jedenfalls Orte, die ebenfalls auf der Haffseite lagen.

Emma liebte das Meer, das Haff, die Dünen. Es war ihr nicht fremd, aber die bisher kurzen Ausflüge dorthin, meist ja auch nur bis Memel, waren selten gewesen. Jetzt war endlich Zeit, sich gründlich umzuschauen. Die schönen alten geduckten Häuschen entzückten sie. Manche, schon arg zerfallen, dösten in der Sonne ihre letzten Tage vor dem Zusammenbruch dahin. An einigen gepflegten Häuschen waren Teile am Dach geschnitzt und bemalt. Holzzäune begrenzten kleine Vorgärten oder standen als kaputte Fragmente anscheinend sinnlos neben den Häusern. Auf dem Friedhof gab es merkwürdige Kreuze, in ihrer Grundform Kröten ähnlich, dann aber abgewandelt in vielfältiger Gestaltung.

Im Ort gab es drei Reihen Häuser am flachen Strand, gesäumt von den Dünenbergen, die ganz Nidden wie ein Amphitheater aussehen ließen, wenn man es vom Haff aus betrachtete. In den Gärten dann, oft in Reih und Glied, Gemüse, Kräuter und viele, viele Blumen. Eine farbenfrohe wogende Menge, in immer wieder neuen Kompositionen, war vor den kleinen Fischerhäusern überall zu bewundern, ernährte auch neben dem Fisch seine Bewohner. Hinter den Häusern wiederum hatte man Holz gestapelt, an den Hauswänden entlang oder in kleinen runden Holzmeilern, was sehr romantisch aussah. Gänse, Hühner und Enten meldeten sich schnatternd und plusternd und wackelten überall in den Straßen, Gärten und Höfen herum oder wurden von Kindern unter lautem Krakeel herumgejagt. Die alten Federtiere führten die Jungen in stille Winkel oder zum Fressen. Sie watschelten einfach über die

Straßen und legten so für Minuten den Verkehr still. Ein Bild zum Lächeln. Katzen aalten sich in der warmen Sonne, und die zahllosen Störche waren, wie zu Hause auch, hier auf Dächern, Kirchen und Pfählen überall dabei, ihre Jungen aufzuziehen. »Ostpreußen ohne Störche, das gibt es nicht, dann geht die Welt unter«, sagte Emmas Vater Mathias oft, und es schien zu stimmen. In der Weite der Wiesen und Seen gab es jede Menge Futter für die großen Vögel. Schwarz-weiße Störche waren in Frühjahr und Sommer allgegenwärtig, sie und ihr »Begrüßungsklappern« wurden von Bewohnern und Touristen gleichermaßen geliebt, am meisten aber von den Kindern, die diese großen friedlichen Vögel gerne beobachteten.

Die Einwohner selber, die Menschen hier am Meer, waren ruhig, sprachen einen anderen Dialekt oder gar Litauisch, seltener Deutsch. Sie waren langsam, bedächtig und stetig, wie der Wind, der hier wehte, wie die Sonne, wenn sie jeden Tag von Neuem aufging und abends scheinbar im Meer versank. Die Hektik und Nervosität der Touristen ließ die Bewohner kalt, sie lebten ihr eigenes, gleichförmiges Leben weiter.

Drei Haupteinnahmequellen gab es für die Einheimischen in Nidden: Fischfang, Tourismus und den Bernstein. Die zahlreichen Fischer kamen schon früh am Morgen, wenn es noch diesig war auf dem Wasser, mit ihrem Fang zurück. Gebückt und müde schleppten sie ihre Kisten oder Körbe an Land. Was nicht sofort am Morgen noch vom Boot aus verkauft war, wurde von den wartenden Familien bearbeitet. Dann konnte der Fisch, ausgenommen und zum Teil gesalzen, in die Räucheröfen des Ortes gehängt werden. Geräuchert wurde meist mit Kiefernzapfen. Oft lag der Geruch von glimmendem Holz und garendem Fisch stundenlang, besonders freitags über dem Ort. Als weißer wabernder Nebel zogen die Rauchschwaden von allen Öfen herüber. Aale, Brassen, Flundern, Dorsche, Lachs und Zander bildeten einen Einheitsgeruch. Sie alle wurden am Samstag auf den Markt nach Memel gebracht. Da standen auf den Wiesen an den Fischerhäusern lange Staketen, aber statt mit Wäscheleinen waren sie mit dünnen Holzstangen verbunden, auf denen ausgenommener und bis ans Schwanzende halbierter Fisch in Dutzenden zum Trocknen aufgehängt war. Regnete es einmal, brauchte man nur die voll belegten Stangen mit dem Fisch schnell in Sicherheit bringen. Trockenfisch wurde für den Winter meist selber benötigt, er wurde gern zum Bier gegessen. Der frische Räucherfisch hingegen war eine gute Einnahmequelle. Da gab es aus den Städten, besonders für den Markt in Memel, Großbestellungen an Räucherfisch. Diese Aufträge waren lukrativ, viele Fischer mussten sich zusammenschließen, um die große Nachfrage bedienen zu können.

Auch die Touristen in Nidden wollten ihren Anteil an Frisch- und Räucherfisch haben. Trotzdem blieben die Fischer arm, lebten von heute auf morgen. Im Sommer allerdings, wenn es Fisch im Überfluss gab, liefen die Geschäfte recht gut, glaubte Emma zu wissen. Auch der kleine Hafen im Ort war gefragt, dienten die Bote ja nicht nur zum Fischfang.

Diese Boote übrigens, dort unten im Hafen, waren es, die Emil besonders interessierten. Kurenboote wurden so genannt, weil es diese spezielle Art nur hier auf der Kurischen Nehrung gab. Die Fischer betrieben den Fischfang mit Schleppnetzen. Die Boote hatten dunkle Segel und oben verschieden gemusterte, aber auch wieder gleich scheinende bunte Holzwimpel. »Kurenwimpel« wurden sie genannt, und jede Familie hatte ein bestimmtes Muster an den Masten ihres Bootes. Die Fischerfamilie schnitzte in ihren Bootswimpel ein spezielles Familienereignis, das lange überliefert war, sodass die Familien oft kaum noch die Entstehungsgeschichte kannten. Auch die Farbkompositionen dieser Wimpel waren teilweise überliefert und wurden immer wieder übernommen. Diese Holzwimpel in den Booten bewegten sich nicht, sondern standen fest und steif in ihrem jeweiligen Boot, meist am Mast befestigt. Sie zeigten denen, die sie lesen konnten, schon von Weitem, wer im Boot saß. Die alten Exemplare der Fischerkähne dienten oft nicht nur zum Fischfang, sondern auch, um Touristen die schöne Heimat vom Wasser aus zu zeigen oder ihnen einfach ein wenig Abwechselung zu verschaffen.

Die Touristen und Künstler liebten auch den Leuchtturm am Meer, er war rot-weiß geringelt, etwa 22 Meter hoch, hatte einen Rundumgang und zeigte den Fischern in der Dunkelheit ihr Ufer, für die Touristen war er eine willkommene Attraktion. Ihn gab es noch nicht so lange. Viele Fischer vermieteten im Sommer sogar ihre gute Stube an die Fremden. Fischerhütten am Haff wurden ausgebaut, geerbte Häuschen für Touristen umgebaut. Auch die ersten Gaststätten gab es bereits, im Hotel Herrmann Blode wohnten und speisten die besseren Leute. Aber einfache Volksbelustigungen mit Luftschaukel, Getränke aller Art und mancherlei vom Rost, vor allem den Rauchfisch, gab es auch für alle anderen Urlauber, die Spaß daran hatten.

Der Bernstein, das Gold des Nordens, war eine weitere Einnahmequelle der Einwohner hier. Überall an der Nehrung konnte er zu bestimmten Zeiten reichlich gefunden werden. Manchmal fuhren die Männer sogar bis nach Cranz, wenn sie Zeit hatten und recht viel vom Gold des Meeres ernten wollten.

Sturm und Wellenschlag waren gute Helfer bei der Suche, Frühling und Herbst die besten Zeiten, ihn zu holen. Bernstein wurde besser bezahlt als Fisch, doch man musste sich auskennen. Unten am Ende des Haffs, schon auf dem Festland gelegen, bei Cranz, war der verschiedenfarbige Stein in einer blauen Tonschicht besonders reichhaltig zu finden. 200 bis 300 Gramm, manchmal auch zwei Kilo pro Kubikmeter fand man dort im Meeresboden. Früh um vier Uhr zogen die Menschen, die sich damit auskannten, ihre Langschäfter an, nahmen die zwei Meter langen Kescher und gingen besonders gern direkt bei Sturm ins Meer. Die Ernte konnte beginnen.

Es wurde gut bezahlt, das Bernsteinfischen, war aber auch gefährlich. Hin und wieder wurde ein Fischer ins Meer gezogen. Manche bekamen Gicht oder schwere Unterleibserkrankungen durch die körperlichen Belastungen, denen die Fischer ausgesetzt waren. Bernstein war teuer. Aber wirklich wertvoll wurde dieser edle Stein erst, wenn menschliche Fantasie, menschliches Können ihn in Form geschliffen hatten. Manches Mal fand man nach dem Schleifen kleine Insekten oder andere Tierchen in der Bernsteinmasse, sogenannte Inklusen. Einstmals überrollt vom flüssigen Harz vor Tausenden von Jahren, waren diese Tiere im fest gewordenen Harz gefangen worden und zusammen mit ihm versteinert. Diese Bernsteine waren heute besonders gefragt, selten und daher teuer. Wertvoll wurde Bernstein aber auch, wenn einheimische und fremde Künstler den schönsten Stücken dieser Art mit Gold- oder Silberfassungen geschmiedet hatten, um sie zum Anhängen, Anstecken, Aufsetzen oder gar Hinstellen zu gestalten. So manches Stück landete im Museum.

Auch Emma suchte sich ein verspätetes Hochzeitsgeschenk aus. Ein Silberkreuz für eine Kette, mit geschliffenem Bernstein belegt, sollte ihnen beiden für die Zukunft Glück bringen. Im Moment war Emma mehr als glücklich. Sie saß auf der Nehrung gern einfach nur stundenlang faul auf einer Bank, einem Ast oder Baumstamm und ließ so das Niddener Sommerleben an sich vorbeiziehen. Sie beobachtete die Wolkenformationen, welche fast stehend sich trotzdem veränderten, oft erahnte sie Gesichter, Tiere, ja sogar Ungeheuer, sah besondere Formen in den weißen luftigen Wolken, die sich veränderten oder ihre Farben wechselten. Emma dachte oft, würde ein Künstler diese Farben malen, glaubte man ihm nicht, dass die Natur, der Himmel eine solche Skala von Farbtönen wirklich produzieren konnte. »Emil, schau dir nur mal diesen Himmel an!« war einer der meistwiederholten Sätze Emmas in diesem Urlaub. Sie sah neben den Wolken auch zu den Möwen hoch, bewunderte ihre Manöver im Flug, ihre Geschicklichkeit, sich zu bewegen. Emma beobachtete dieselben friedlich scheinenden Vögel aber auch bei ihren Platzkämpfen, die sie unentwegt vollführten. Sie erkannte, dass es auch bei den Möwen eine Hackordnung gab, wenn es um einen Sitzplatz auf einer Stange, Futter oder Ähnliches ging. Beliebte Plätze wurden regelrecht erkämpft beziehungsweise auch oft nach für Emma undurchschaubaren Regeln kampflos den Ranghöheren überlassen. War es im Zusammenleben der Menschen nicht ähnlich? Es »menschelte« schon sehr unter den Möwen. Emma kannte bei ihren Beobachtungen keine Müdigkeit. Romane hätte sie schreiben mögen über die verschiedenen Menschen, wie sie badeten oder auch nicht, wie sie ihrer Tätigkeit nachgingen oder einfach nur schauten, so wie Emma. Wie sie sich stritten, öffentlich ihre Kinder erzogen, sich küssten, schmusten, redeten, schimpften.

Touristen konnten scheinbar pausenlos essen. Ständig begegneten einem Menschen, die aßen. Die Einheimischen sagten, das mache die Meerluft. Ja, alles faszinierte Emma, nun, da sie endlich einmal Zeit für sich hatte. Oh, wenn man öfter reisen könnte! So wie Emil auf seiner Wanderschaft die wundersame Mutter Erde hatte sehen, genießen, erleben können. Emil hatte so viel erzählt, vom Wetter und den ausgestandenen Strapazen unterwegs, aber auch vom schönen Bayern, den bemalten Häusern in Österreich, von den verschiedenen Panoramen der Schweiz, vom schönen, sonnigen Italien und besonders von der überwältigenden Küstenlandschaft Frankreichs und Spaniens.

All das oder eben anderes einmal mit eigenen Augen sehen und es dann für immer im Gehirn, in der Seele, im Herzen zu speichern, um es in beliebigen Situationen als Trost oder Erinnerung abrufen zu können, wenn so etwas ginge … Und wenn man dann eines Tages alt wäre, könnte man in Gedanken überall dort sein, wo man schon einmal gewesen war. Kinematographen gab es wohl schon, aber bis zu ihnen nach Adomischken war noch keine Aufführung gekommen. Laufende Bilder sollten es sein, komisch, wie konnten Bilder wohl laufen? Das war ja sicher interessant, aber immer erst irgendwo hinfahren, um so etwas anzusehen? Das war schon recht umständlich und teuer. Für zu Hause in den Wohnungen sollte es so etwas geben. Warum wurde so etwas nicht erfunden? Man erfand doch zurzeit so vieles. Die fotografischen Aufnahmen, die man schon machen lassen konnte, waren leider nicht in Farbe und trotzdem sehr gut. Bilder zum Beschauen an kalten Wintertagen, wie wunderbar wäre das! Wenn man schon nicht reisen konnte, es aber ginge, die Welt zu sich nach Hause zu holen. Wie gut wäre das auch besonders für die Alten daheim, für die Mama! Was würde dann aber aus der liegenbleibenden Arbeit werden? Gut, oh, wie gut, dass es Träume gab! Emma träumte gern mit offenen Augen.

Das Rufen der Eltern, das Lachen der Kinder, wenn sie voller Übermut etwas angestellt hatten, holten Emma oft aus ihren Tagträumen. Manchmal war es auch Emil, der sie mit einem verstohlenen Kuss in die Wirklichkeit zurückholte. »Na, Schatz, wieder am Träumen? Es ist schön hier, nicht wahr?« Ja, es war schön. Die Liebe zwischen ihnen wurde gefestigt, nun, da sie endlich viel Zeit und keinerlei Störungen durch anfallende Arbeit oder durch irgendwelche Familienmitglieder hatten. Jetzt hatten sie 24 Stunden Zeit füreinander. Und sie mussten keine Angst haben, dass sie jemand dabei hören oder beobachten könnte. Emil war im Erfinden von Liebesspielen hier im Urlaub eine ständig sprudelnde Quelle und Emma lebte an dieser Liebesquelle. Das werdende Kindchen in ihr störte dabei nicht. Am Tage gingen sie auch schon einmal getrennte Wege. Die warmen Sonnenstrahlen auf der Haut und das ganze freie, lose, lockere Treiben hier an der See beeindruckte die im normalen Leben immer arbeitsame Emma sehr. Hier ein Häuschen haben, hier leben, hier arbeiten dürfen, für immer so sein können wie jetzt, das wünschte sie sich. Sicher wäre dann aber manches anders. Vieles sicherlich nicht mehr so frei und locker. Sie waren nun einmal keine Fischer. Hatten auch kein Geld, Wohnungen für Touristen zu bauen. Wovon sollten sie hier leben? Ihr Zuhause war Adomischken und nicht die See. Vielleicht würde man ja mal wiederkommen. Was ihnen aber niemand mehr nehmen konnte, waren die Erinnerungen. Später würden sie beide zurückdenken können an eine wunderbare faule Zeit, voller Liebe, Zuwendung, Gespräche und Zukunftsträume. Sie war Emil sehr dankbar, dass er sich für diese verspätete Hochzeitsreise starkgemacht hatte.

Überraschung

Morgen machen wir eine Fahrt nach Tavel. Du hast doch schon so viel von den Elchen, Ostpreußens Wappentier, geschwärmt, morgen kannst du sie, wenn wir Glück haben, ganz nah sehen.« Emil war sich seiner Sache ganz sicher gewesen, Emma würde sich freuen, wenn sie davon erfuhr, darum hatte er die Überraschung für sie gebucht. Er liebte dieses zurückhaltende, immer freundliche Mädchen, seine Frau, er sah es gern, wenn ihre Augen strahlten, und so tat er immer wieder etwas dafür, dass es geschah. »Elche, richtige lebendige Elche? Wie wunderbar!« Emma freute sich wirklich wie ein Kind auf den morgigen Tag.

Am nächsten Morgen ging es also auf ein größeres Boot eines Fischers, der sich eine zusätzliche Einnahmequelle mit Touristenbeförderung erschlossen hatte. Mit zwei anderen Pärchen ging man auf Reisen. Quer übers Kurische Haff nach Tavel. Auf so einer Fahrt kommt man ins Erzählen. Eines der Pärchen schien recht wohlhabend. Sie kamen aus Berlin und reisten seit Jahren im Sommer in die verschiedenen Regionen, so auch oft in Ostseebäder. Sie hatten viel gesehen und gehört. Auch gesungen wurde so manch schönes Volkslied. »Ännchen von Tarau«, Ostpreußens Nationallied, erfreute wie immer alle Anwesenden. »Kennen Sie übrigens das neue Heimatlied der Ostsee?«, fragte die Dame aus Berlin. »Eine Einheimische aus Zingst hat es in der Fremde, aus Sehnsucht nach ihrem Meer bei Zingst auf dem Darß geschrieben. Frau Martha Müller-Grählert, eine Heimatdichterin, soll es sein, die lebt sogar noch.« Nein, niemand kannte dieses Lied, von dem die Rede war. Daher wurde es natürlich gleich vorgesungen, das »Ostseewellenlied«.

Wo die Ostseewellen trecken an den Strand,
wo der gehle Ginster blüht im weißen Sand,
wo die Möwen schrien, hell im Sturmgebrus,
da is' mine Heimat, da bün ick tau Hus!

Ein völlig neues Lied, sogar auf Platt gesungen, ein Lied von
der Ostseeküste, der Heimat, das die Berliner da mitgebracht
hatten. Sie mussten es so oft wiederholen, bis Emma den Text
konnte. Sicherheitshalber versprach ihr die Dame aber, Emma
das Lied bei der Rückkehr in Nidden aufzuschreiben und es
ihr ins Haus zu bringen. Das Lied hatte mehrere Strophen,
die von der Liebe zur Heimat und zur See erzählten, wo man
schon mal leicht etwas durcheinanderbringen konnte. Und
dieses Lied war es wert, unverändert behalten zu werden. Wie
wunderbar, ein neues Lied für die Hausmusik, man lernte doch
so allerlei auf Reisen.

Schneller als gedacht erreichten sie Tavel. Emma hatte von
der Überfahrt wegen der Singerei kaum etwas gespürt. Vielleicht war sie ja auch seefest? Sie stiegen in eine offene einfache
Kutsche um und nach einer kurzen Fahrt war die richtige Stelle
im Wald erreicht. Alle waren aufgeregt, sollten sie doch ihr ostpreußisches Wappentier sehen. Emma war besonders gespannt,
sie strahlte, so viel hatte sie ja noch nicht gesehen von der Welt,
und dieses hier war für sie etwas ganz Besonderes. Sie sahen um
sich, und dann entdeckte sie gleich mehrere von ihren Elchen,
ja nicht nur das, der Kutscher hatte einen Korb Möhren dabei,
die man den Tieren zuwerfen konnte. Über 400 Elche sollten
hier in Tawel oder auch bei Ibenhorst im grünen Zauberwalde
leben. Emma, die mutigste von allen, beugte sich weit aus dem
stehenden Gefährt, um eine Möhre direkt zu verfüttern. Sie
hatte sich dazu auf den seitlichen Kutschentritt gestellt und
streckte den Arm weit heraus. Jedoch die Pferde scheuten etwas
und die Kutsche machte einen Satz nach vorn. Emma verlor

die Balance und landete mit einem kleinen Sprung im Wald, alle in der Kutsche lachten, aber die scheuen Waldtiere, auf die sich alle so gefreut hatten, ja um derentwillen man hergefahren war, waren natürlich in Eile zurück in den Wald gejagt, in alle Winde zerstoben. Man wartete natürlich noch, aber sie mussten zurück zur Küste, das Boot würde sonst ohne sie ablegen.

Ein bisschen enttäuscht waren die Teilnehmer schon, aber, wie zum Trost, sahen sie auf der Heimfahrt noch einen Seeadler in seinem Horst auf einem knorrigen alten Baum. Seeadler gab es auch recht wenige, das war schon etwas Besonderes. Ein schönes Erlebnis.

Der ganze Urlaub in Nidden war schön, schön und viel zu kurz. Anfangs hatten sie beide gedacht, was doch für lange, lange Zeit vor ihnen läge. Und nun? Bald schon hieß es Abschied nehmen. Ihr Ostpreußenlied hatte Emma bekommen, Luft und Sonne getankt. Liebe bekommen und gegeben. Nidden hatte sich in Emmas Herz gesenkt. Würde man alles noch einmal wiedersehen? Arm in Arm genossen sie ihren letzten Sonnenuntergang in Nidden, liefen wie so oft in dieser Zeit mit bloßen Füßen im Wasser am seichten Haffufer entlang. Schon morgen würde es wieder nach Hause, nach Adomischken gehen.

Wieder zu Haus

In der guten Stube herrschte noch kühle Dämmerung, als die Familie die Morgenandacht beendet hatte. Alle saßen um den Tisch versammelt. Die Petroleumlampe roch unangenehm und versprühte ihre magere Helligkeit. Lesen und Schreiben waren ohne Tageslicht jetzt im Herbst schon mühsam. Besuch war da, Emmas Eltern, die eigentlich am anderen Ende des Dorfes ihr Haus und ihre Schmiede hatten, waren zur Morgenandacht aus einem ganz bestimmten Grund gekommen. Sie hatten die alte große Familienbibel mitgebracht. Ein Schmuckstück war sie, auch schon von außen. Diese Bibel gab es schon seit Generationen in Emmas Familie.

Thomas Faesel, ein Vorfahre, hatte die Bibel einst unter großen Schwierigkeiten aus dem Salzburger Land mitgebracht. Dort waren diese neuen, nicht in Latein geschriebenen Bibeln verboten, wiesen sie doch ihre Besitzer als »Abtrünnige« vom katholischen Glauben aus. Wer mit einer solchen Bibel erwischt wurde, kam meist um eine Verurteilung zum Tode nicht herum. Der alte Spruch »Wer god schmert, der god fährt« hatte in diesen Zeiten Hochkonjunktur, und auf diese Weise gelang es Thomas Faesel, die Bibel zwar zu einem hohen Preis, aber lebend nach Adomischken zu bringen.

Uralte Eintragungen, zum Teil herausgerissen, zum Teil verblasst, kündeten aus dieser alten Zeit. Es war eine der ersten Bibeln, die man auch als Nicht-Lateinkundiger lesen konnte. Eine Bibel, in deutscher Schrift geschrieben, heute selbstverständlich, verriet damals, dass ihre Eigentümer Anhänger der Thesen Dr. Martin Luthers waren. Luther, der erste evangelische Pfarrer, hatte es gewagt zu heiraten, öffentlich die Vertreter des »wahren« Glaubens zu kritisieren, wegen ihrer Prunksucht, Buhlerei und des ausufernden Ablasshandels zur Geldbeschaffung für die katholische Kirche und deren Vertreter. Um sich abzugrenzen, waren die ersten Generationen der evangelischen Christen auch bedeutend strenger in ihren Sitten und Gebräuchen und nur dem Glauben verhaftet. Sie duldeten weder Spiel noch Tanz noch Protz jeder Art im Leben ihrer Anhänger. Bei den allem Pomp zugeneigten Katholiken im Salzburger Land mit ihren unzähligen Feiertagen und üppigen Festen waren daher die »Evangelischen« auch im Volk nicht sehr beliebt, wenn man sie auch als gewissenhafte Handwerker und Geschäftsleute schätzte. Hier in Ostpreußen war das schon anders. Fast alle waren evangelisch. So strenge Sitten und Gebräuche hatte man nicht mehr. Gutes Essen und Trinken war inzwischen wohl geschätzt, Gastfreundschaft selbstverständlich. Der »neue« Glaube brachte aber in alter Zeit seine Anhänger im Salzburger Land letztendlich um ihre angestammte Heimat, manche gar um ihr Leben. Alle damaligen evangelischen Glaubensgenossen im Salzburger Land waren aus der alten Heimat vom Erzbischhof Leopold Anton von Firmian eben dieses neuen Glaubens wegen von Haus und Hof verjagt worden, wenn sie nicht konvertierten. Etwa 20.000 Menschen mussten oder wollten damals ihre Heimat, ihr Eigentum, auch Freunde und Verwandte verlassen, weil sie nicht bereit waren, ihren Glauben zu leugnen. Man stelle sich vor, welche Völkerwanderung das war, 20.000 Menschen unterwegs. Sie waren in verschiedene Züge eingeteilt worden, damit sie die Gegenden, durch die sie kamen, nicht völlig überlasteten. An der Küste endlich angekommen schifften sich einige nach Amerika ein, die meisten aber wurden im menschenarmen Ostpreußen verteilt, damit der fruchtbare Boden dieser Gegend dem Kaiser besser nutzte. Mathias wusste durch Kunden, die in Gumbinnen studiert hatten, dass es dort ein riesiges Wandbild geben sollte, auf dem die Begrüßung der ausgewanderten evangelischen Österreicher durch den deutschen Kaiser gut 150 Jahre zuvor abgebildet war.

Eine seltene Ehrung, ein Willkommen für alle Neusiedler. Es muss ein gutes Gefühl gewesen sein, endlich gern gesehen zu werden. Auch Emmas Vorfahren hatte die Emigration gewählt. Sie waren wie viele Tausende nach Ostpreußen geschickt worden, um das Land urbar zu machen, das wie gesagt bis dahin recht schwach besiedelt war. Auch andere deutschsprachige Familien, aus den verschiedensten Gegenden Deutschlands und Österreichs kommend, wurden hier eingebürgert. Sie alle hatten Ostpreußen zu einem Schmelztiegel der verschiedensten Sitten, Gebräuche und Dialekte werden lassen. Für die Faesels war Ostpreußen nach dieser langen Zeit zur Heimat geworden. Ihnen fehlten die Salzburger Berge nicht mehr. Manch Speise oder Sitte aber hatte sich über Generationen erhalten. Die Zeiten waren friedlich, seit gut hundert Jahren hatte es keine Kriege mehr in Ostpreußen gegeben, sodass alte Traditionen, altes Familiengut bewahrt werden konnten. Dieses alte Erbstück, die abgegriffene Bibel, war der Familie Faesel wertvoll. Was war da nicht schon alles an Geburten, Sterbedaten, Hochzeiten oder anderen wichtigen Ereignissen eingetragen. Die ersten Daten noch aus dem Salzburger Land, ein Radstadt/ Niederfritz und andere Orte wurden erwähnt. In Ostpreußen dann Orte wie Milluhnen, Enzuhnen, Amt Stallupönen (Ebenrode). Emmas fünf Brüder, dazu eine nie gekannte, schon als Baby verstorbene Schwester waren eingetragen.

Heute nun war wieder so ein Tag, ein frohes Ereignis. Man schrieb das Jahr 1904, die Familie war am 24.09. um ein Menschlein gewachsen. Emma hatte, ein gutes Jahr nach ihrer Fehlgeburt, endlich einem gesunden, drallen kleinen Mädchen das Leben geschenkt, Gertrud. Mathias Faesel, Emmas Vater, trug voller Stolz sein neues Enkelkind in die alte Bibel ein. Gertrud Gehlhaar, die gestern frisch getauft und somit offiziell zu Gott geführt worden war. Gertrud, das pausbäckige kleine Mädchen, war nun in die Familie und in die Gemeinschaft der gläubigen Christen offiziell aufgenommen. Auch Emmas Bruder Otto und seine junge Frau Ida waren anwesend und wurden, da sie gerade am 16. des Monates in Willkischken geheiratet hatten, in die Familienbibel eingetragen. Auch bei Otto und Ida war es eine schöne Feier gewesen, festlich in der Kirche, und auch die Hochzeitsfeier zu Hause war gut gelungen. Es war viel gesungen, gelacht und noch mehr gegessen worden. Emma hatte ein Händchen für alle Dinge am Herd und am Backtrog. Mit dickem Bauch hatte sie bei Ida zu Hause in der Küche gestanden, ihr bei den Hochzeitsvorbereitungen geholfen. Ida lernte gern von ihrer älteren Schwägerin. Emmas frisches, selbst gebackenes Brot war außen kross und innen weich wie Kuchen. Klar sagte man keck: »In der allergrößten Not iss de Fleisch ok ohne Brot«, aber das war mal nur so ein Spruch in Ostpreußen. Alle Frauen auf dem Lande füllten einmal im Monat oder öfter die Backöfen, buken das nötige Brot für ihre Familien selber. Einige taten das gern am Dorfbackofen, weil es Spaß machte, lachend, schwatzend, schwitzend gemeinsam zu arbeiten. Jeder Dorfklatsch machte die Runde und wurde so ins Brot gebacken. Und mit dem Verzehr der Brote verschwand auch der Klatsch von damals und andere Ereignisse gerieten ins neue Brot. Viele Bauern besaßen auf dem eigenen Grundstück einen Ofen, eine eigene Backstelle. Auch hier war man dann, wenn es ging, gesellig beim Backen. So merkten die Frauen nicht, dass es eigentlich eine sehr anstrengende Arbeit war, die nie aufhörte. Essen musste ja immer sein. »Unser täglich Brot gib uns heute« betete man schon zu allen Zeiten.

Alles schmeckte bei Emma besonders lecker. Nun ja, jede Hausfrau hatte so ihre kleinen Tricks, besonders festliche Brote für Feiertage zu verfeinern. Emma, die als Kind schon gerne von ihrer Mutter gelernt und abgeschaut hatte, probierte oft etwas Neues aus. So schob sie am Backtag, wenn das Brot fertig war, einen Kuchen in den noch heißen Ofen. Und wenn ein Schwein geschlachtet worden war, säuberte Emma den Schweinemagen und legte ihn wunderbar gefüllt nach dem letzten Backvorgang in die Ofenhitze. Dort brutzelte er über Nacht, im abkühlenden Ofen, bis er gegart war. Das war wohl auch so ein Gericht aus der alten Heimat Österreich. Gefüllter Schweinemagen war ein leckeres, deftiges Gericht, konnte gleich so gegessen oder in Scheiben geschnitten und gebraten mit saurem Kraut verspeist werden. Die Zutaten für die Füllung – verschiedene Fleischsorten, Leber, Gewürze, Kräuter und Brotstückchen – wählte jede Hausfrau selber. Ida, Otto und ihren Gästen schmeckte es jedenfalls.

Zur Taufe gab es dann einen knusprigen Gänsebraten mit Rotkraut und Klößen und natürlich auch wieder allerlei von dem frisch geschlachteten Schwein. Alles gereichte der Hausfrau zur Ehre. Auch die Nötigung zum Weiteressen war ein Muss in Ostpreußen. »Nimm noch, nimm noch, siehst ja, ist reichlich da!«, hieß es dann. Niemand sollte sagen können: »Das Essen war gut, aber die Nötigung war schlecht.« Man plachanderte, lachte, trank und sang und tauschte Erlebnisse aus. Mathias, der stolze Großvater, hätte wie üblich am liebsten getanzt. Eines seiner Kinder frisch verheiratet und Emma hatte ihm ein gesundes Enkelchen geboren, Gott meinte es gut mit ihm, seine Welt war in Ordnung. Die Freude in ihm wollte sich ausdrücken, sich Raum schaffen, tanzen wollte er gern vor Freude. Jedoch seine Henriette war eine recht strenge Frau, echt evangelisch eben. Tanzen hieß für sie, die strenggläubige Frau, dem Teufel die Hand reichen. Wo Henriette war, gab es keinen sündigen Tanz.

Wie oft hatte es Mathias schon in den Füßen gejuckt, wenn sein Schmiedehammer so lustig auf das Eisen schlug. Alle Frauen, außer seiner eigenen, schätzten ihn als flotten Tänzer, und so kam es schon vor, dass er allein zu einigen Familienfeiern im Ort gerufen wurde. »Schick den Mattes, unsere Kuh ist krank.« Schmiede waren ja auch immer als Tierärzte gefragt. Auf Holzschlorren, (Henriette wäre sonst misstrauisch geworden) so wie er gearbeitet hatte, nur schnell Gesicht und Hände gewaschen, lief er dann los zum Fest, um mitzutanzen. Nie wurde er verraten, was schon an ein kleines Wunder grenzte. So tanzte Mathias eben ohne Holzpantoffeln, mit denen das nicht so flott gehen wollte, einfach auf den Schafwollsocken, die rutschten wunderbar. Henriette aber schüttelte zu Hause den Kopf über die zunehmenden Kuhkrankheiten und über die Schafwollsocken, die in der neuen Zeit auch nicht mehr das hielten, was sie früher gewesen waren, die industrielle Wolle schien nichts mehr zu taugen. Und so fing Henriette an, wieder selber Wolle zu spinnen und alle Socken für die Familie alleine zu stricken.

Und Emma? Nach der Taufe begann für Mutter und Kind eine schöne Zeit. Emma gewöhnte sich schnell daran, dass ihre Kleine jetzt einen großen Zeitraum des Tages für sich beanspruchte. Alle vier Stunden wickeln, füttern, schmusen. Sie war erstaunt, wie viel Liebe sie in sich verspürte für dieses kleine Wesen, für dieses süße Mädchen, dieses winzige Menschlein, dieses Zeichens der Liebe zwischen ihr und ihrem Schatz. Es war erstaunlich, wie schnell sie sich ein Leben ohne das kleine, so besonders gut duftende neue Menschenkind nicht mehr vorstellen konnte. Die Familienwiege im Haus war von Emma neu und wunderschön hergerichtet worden. Leider hatte Emma nicht sehr lange eigene Milch für ihr Kind, aber die Alten wussten Rat. Kuhmilch war auf keinen Fall gut fürs Neugeborene, eine Ziege wurde angeschafft, die Milch verdünnt und mit Haferschleim sämig gemacht.

Gertrud war ein friedliches Baby. Sie weinte nur, wenn es nicht anders ging, ansonsten krähte sie bald munter in den

Tag. Und später, schon mit einem halben Jahr, vertrug sie fast alles Essbare, was im Haushalt gekocht wurde und was man zu Brei drücken konnte.

In dieser Zeit kam Emmas Bruder Adolf zu ihnen zu Besuch. Er war ein Sonderling, schon in jungen Jahren, und war daher recht einsam, einschichtig, wie man bei ihnen sagte. Altersmäßig Emma am nächsten, mochte sie ihn schon immer sehr. Er reiste gern und konnte viel erzählen. Seine Fahrten sollten möglichst nichts kosten und er fuhr mit einem sogenannten Fahrrad, einer neuen Erfindung für mutige junge Leute, mit dem sie sich in großer Geschwindigkeit auf nur zwei Rädern und einem Sattel zum Sitzen fortbewegten. Das war eine wackelige Geschichte, nur der Fahrer und sein Rucksack, so zog Adolf im Moment durch andere Teile Ostpreußens als die, die er sowieso kannte.

Er wusste schier unglaubliche Dinge zu erzählen. Da sollte es wahrhaftig in Ostpreußen, unten in Masuren, Schiffe geben, die über Land fuhren mit allen Passagieren an Bord. Die Schiffe fuhren noch im Wassergraben auf ein ausgeklügeltes System von Schiff-Liften, luftig, aber aus Eisen gebaut, damit alles Wasser abfließen konnte. Dieses erhob sich, und da die Schiffshebevorrichtungen unten Rollen und auf der Erde Schienen hatten, konnten sie an Land mit diesen Rädern auf Schienen mit Eisenseilen vorangezogen werden. War die Landstrecke überwunden, senkte sich die ganze Konstruktion langsam wieder ins Wasser. Das Schiff wurde wieder frei und konnte die Fahrt weiterführen bis zur nächsten Hebekonstruktion. Manche größeren Schiffe wurden angeseilt, damit sie nicht kippten. Diese einmalige Erfindung beförderte Schiffe über das Land, genau wie eine Fähre Fuhrwerke und Autos über das Wasser bringen konnte. Jedes Schiff, das diesen Weg fahren wollte, musste so übers Land gezogen werden.

Emma konnte nur staunen, da wollte sie auch einmal hin, unbedingt. Das musste sie sehen. Adolf aber zog es nach seinem kostenlosen »Hotel Mama«, nach den Gesprächen mit dem Vater in der Schmiede und den lustigen Stippvisiten bei der Schwester, die jetzt mit Baby endlich einmal Zeit für ihn hatte, wieder zurück nach Berlin, wo er mit Geschäften sehr gutes Geld verdiente, also zwar ein gutes Auskommen fand, aber bislang ein einsames Junggesellenleben einer Ehe vorzog. Dahin reiste er allerdings mit der Bahn und dem Rad als Gepäck.

Leibliche Genüsse, Ostpreußen um 1900

Als das Weihnachtsfest nahte, guckte die kleine Gertrud mit ihrem Vierteljahr schon ganz interessiert um sich. Aber wohl erst in den folgenden Jahren würde sie wirklich sehen, was die Erwachsenen so taten, wenn es Weihnachten wurde.

Da wurde das Haus geputzt, bis alles blitzte. Da wurden beizeiten Pfefferkuchen angeteigt, und auch »guter« Stollen brauchte mancherlei Zeremonien und leckere Zutaten, die in alter Tradition lange vor dem Backtag angeteigt werden mussten, wenn sie richtig schmecken sollten. Vielerlei Kekse und Gewürzkuchen entstanden und wurden für das Fest in Büchsen verwahrt. Oft gab es nicht einmal eine Kostprobe für alle. Man buk gemeinschaftlich verschiedene Brotsorten und legte allerlei Früchte in Zucker ein, um sie zu kandieren. Rumtöpfe beherbergten die besten Früchte des Jahres und hochprozentigen Alkohol. In jedem Jahr und in jedem Haus schmeckte er anders. Kaninchen, Enten, Gänse wurden geschlachtet und in den Bunker gebracht, wo sich schon frische Butter, Käse, Obst, Gemüse und Pökelfleisch häuften. Aber auch Tonkrüge mit Pflaumenmus und eingesalzene Pilze waren vom Sommer da. Diese Tonkrüge waren mit Rindertalg geschlossen, mit einem Tuch belegt und zugebunden worden. Die Talgschicht ließ keinen Sauerstoff an den Inhalt der Krüge und so konnte deren Füllung nicht so bald verderben. Nur Gedörrtes oder Geräuchertes wurde auf dem Dachboden oder in der Räucherkammer aufbewahrt. Eingewecktes dagegen kam in die Speisekammer. Was frisch bleiben sollte, Kühlung brauchte, landete, wie schon gesagt, unter der Erde im kalten Bunker.

Die einfachen Landarbeiter hatten oft nur eine oder mehrere alte Milchkannen in der Erde eingegraben, in denen die kargen verderblichen Vorräte ebenfalls frischer blieben als im Haus.

Fast alle Landbewohner in Ostpreußen waren Selbstversorger. Die Wege waren weit, Geschäfte selten und gekaufte Waren teuer. Man hatte über Jahrhunderte lernen müssen, allein zurechtzukommen. Nicht nur bei der Ernährung der Familien, nein, auch Kleidung und Hausrat spann, webte, baute und schnitzte man sehr oft selbst.

Zurück zum Bunker. Er war auf den Höfen etwas Besonderes, auch nicht in jeder Gegend Ostpreußens bekannt. Hier aber hatte fast jeder Bauernhof so einen Erdbunker zum Frischhalten von Fleisch und Milchprodukten. Ein großes Erdloch wurde durch Stämme rundum gesichert, ebenso gab es Stämme als Decke. Über diese kamen noch einmal Balken, Erde und Gras machten ihn wetterfest. Eine kleine Treppe aus Ziegelsteinen oder abgeflachten, seitlich gesicherten Balken führte hinab. Im Bunkerinneren gab es Regale oder Bänke, um alles abstellen zu können. Jedes Jahr im tiefsten Winter wurde massenhaft Eis aus dem See geschlagen und hier unten gestapelt. Körbe mit Eisstückchen, die auch zwischen die Speisen gelegt werden konnten, sicherten die Lebensmittel das ganze Jahr über, bis es in der Natur wieder neues Eis gab. Das schlugen die Männer der Familien oder deren Angestellte gemeinschaftlich irgendwo am Wasser. Das Eis hielt unter der Erde alles Aufzubewahrende lange frisch, auch über Sommer blieb alles im Raum kalt. Tauwasser sickerte einfach ins Erdreich. War dieser Bunker gut bestückt, war auf dem Hof niemals Schmalhans Küchenmeister, sondern es gab immer genug zu essen. Jetzt vor Weihnachten fand man kaum noch Platz, aber das war gut so, denn als Selbstversorger lebte man ja von der Vorratswirtschaft. Der gut gefüllte Bunker war die Freude jeder Hausfrau. Ab November, so um Martini herum, begann nach alter Tradition die Schlachtzeit, dann begann sich der Bunker zu füllen. Felder und Garten gaben nicht mehr genug Futter her, um alle

Tiere des Hofes zu ernähren, also wurde geschlachtet. Die kalte Jahreszeit war auch besser geeignet, Fleisch für längere Zeit haltbar zu machen, dazu kam, dass die Tiere im Sommer oft nicht so wohlschmeckendes Fleisch ansetzten. Durch die Hitze und das Aufziehen der Jungen hatte es kaum noch Geschmack. Fettgefressen zum Winter schmeckte jedes Fleisch besser.

Martini also begann die Zeit des Schlachtens mit den gut gefütterten oder gar gemästeten Gänsen. Als sie klein waren, hatte Emmas Vater ihr und ihren Brüdern dann oft die Geschichte des heiligen Martin erzählt, der als Sohn eines italienischen Feldherren in der Welt herumgekommen und zum christlichen Glauben gelangt war. Er hatte sich taufen lassen. Allen Menschen war er bekannt durch die Geschichte der Halbierung seines Mantels. Einem fremden, armen, frierenden Mann hatte er eine Hälfte seines Mantels geschenkt, den er mit dem Schwert in zwei Hälften geteilt hatte. Später sollte dieser Martin Bischof werden, jedoch fürchtete er sich vor diesem Amt, fühlte sich dessen nicht wert, und so versteckte Martin sich bei der anstehenden Wahl schnell im Gänsestall. Die Gänse aber verrieten ihn durch ihr lautes Geschnatter, nicht umsonst wurden Gänse schon im Altertum als Wächter eingesetzt. Martin wurde also gefunden, trotz Gegenargumente gewählt und später als Bischof geweiht. Im November aber, damals im ersten Ärger, ließ er alle seine Gänse schlachten und verzehren. Seitdem werden auch jetzt noch zu »Martini« am 11. November gerne Gänse verspeist. Emma und ihre Brüder interessierte aber mehr die Mantelgeschichte als die Gänse, und sie meinten, je nur ein halber Mantel würde keinen mehr wärmen. Vater Mathias jedoch zeigte auf ein uraltes Bild und sagte: »Seht ihr diesen Mantel, er ist sehr weit, mehr ein Umhang und aus sehr viel Stoff, der bei Reitern noch das halbe Pferd bedeckte, mit einem warmen weiten Kragen gearbeitet. Der Träger konnte ihn weit ausbreiten, um sein frierendes Pferd mit zu bedecken, er konnte aber auch ganze Personen darunter verbergen. Damals gab es nur solche Mäntel, Mäntel für Reiche, die sich so etwas leisten konnten. Teilt man ihn senkrecht, könnten sich sehr wohl zwei schmale Menschen darin einwickeln und sich beide wärmen.« So also war das mit dem Mantel, die Kinder im Haus waren es zufrieden.

Weihnachten

Endlich war das ostpreußische Weihnachtsfest heran. Dank wochenlanger Vorbereitungen, zu denen neben den gerade aufgezählten lukullischen Leckereien auch ebenso die handwerklichen Geschenkvorbereitungen gehört hatten, freute sich nun jeder auf das Fest. Jeder hatte emsig geholfen, seinen eigenen Teil zum Gelingen desselben beizutragen. Auch die Kinder waren einige Zeit vorher geheimnisvoll am Arbeiten. Die Natur rundum lieferte fast alles, was man für seine Ideen benötigte. Gab es doch kaum jemand über fünf Jahre im Ort, der nicht irgendwie für andere etwas spann oder webte, nähte, stickte, zimmerte, klebte, jedenfalls durch Fleiß, Geschick und seiner Hände Arbeit erzeugte. Irgendetwas konnte jeder. Und sollte es ein neues Lied sein, das eingeübt wurde. Die Älteren für die Jüngeren konnten mit Liebe, Geschick und Vaters Hilfe ein Pfeifchen aus Holunderstielen basteln, eine Puppenwiege neu bemalen, eine Puppenstube mit Möbelchen bestücken, ein Schaukelpferdchen bauen und anderes. Es ging auch wohl an, der Mutter einen Kranz aus Trockenblumen zu stecken oder gar zu winden oder dünne Äste für den Vater zu sammeln, damit er neue Hofbesen binden konnte, so etwas gelang sogar den Allerkleinsten. Die Männer holten auch Weiden vom Teich, schälten und weichten sie ein, um damit nicht nur Körbe, sondern auch kleine Stuhlabdeckungen, Puppenmöbel, Untersetzer und anderes zu flechten. Besonders die in den Wintermonaten »ruhenden« Fischer und Matrosen nutzten dieses Körbeflechten als gutes Zubrot. Für die komplizierteren Arbeiten gab es besonders geschickte Männer in jedem Dorf, die sich freuten, im Winter für ihre Familien ein Extra verdienen zu können. So war es auch mit den Web- und Stickarbeiten. In wohl jedem Ort lebten besonders fleißige und auch handwerklich geschickte Frauen, die solche Handarbeiten, oft fast schon Kunstwerke, für kleines Geld mit dem Material des Bestellers anfertigten.

Der Weihnachtsbaum war aus dem Wald geholt worden, nun wurde er mit Äpfeln an bunten Bändern, Silber- oder Goldpapier und angestrichenen Nüssen sowie buntem Zuckerzeug behängt. Jahrelang aufbewahrte Basteleien, die zur Weihnachtszeit immer wieder zu Ehren kamen oder von den Geschicktesten in der Familie neu hergestellt worden waren, wurden ebenfalls an den Baum gehängt. Emma war besonders stolz auf ihren Tannenbaumschmuck aus bunten Glaskugeln und kleinen Vögelchen, den sie von ihren Eltern auf einer kurzen Reise nach Königsberg aus einem besonderen Laden gekauft bekommen hatte. Einen »Rauschgoldengel« hatte sie dort auch gesehen und so gut es ging aus Draht, Watte, Pappe, aufbewahrtem, geglättetem Bonbon- und Schokoladenpapier gefaltet, ausgeschnitten und zusammengeklebt. Sie fand, dass ihr selbst gefertigter Engel ganz passabel aussah. Dieser kam später auf die Spitze des Baumes. Emil war stolz auf seine geschickte Frau.

Kurz vor der Pferdeschlittenfahrt, ein großer vorn geschwungen gearbeiteter Holzkasten mit zwei gegenüberliegenden Holzbänken, unten Federung und zwei lange eisenbeschlagene Kufen, die gut auf dem Schnee rutschten, in die Kirche. In trockenen Jahren dagegen fuhr man auch mit einem der Pferdewagen. In und auf diesen ländlichen Gefährten konnte die ganze Familie, fest in Decken gehüllt, gut sitzen. Kurz vor der Abfahrt wurden die letzten Pfeffernüsse aus den Resten des Pfefferkuchenteiges frisch gebacken und noch heiß in den Manteltaschen versenkt, wunderbar warm, duftend und dem Körper in der kalten Jahreszeit wohltuend, um nach dem Gottesdienst auf der Heimfahrt verzehrt zu werden. Sie fuhren meist zur Kirche nach Wischwill, und das war schon eine hübsche, aber lange Fahrt, und das auch noch bei Nacht. Es war jedes Jahr ein tolles Weihnachtserlebnis. Allen Familienmitgliedern und Nachbarn, denen man begegnete, wünschte man ein frohes Fest.

Zu Haus gab es dann ein einfaches, aber festliches Essen mit allen Hausbewohnern. Später aßen alle vom »bunten Teller«, der bestückt war mit selbst gebackenen Keksen, Bonbons und Konfekt, gebrannten Salzmandeln nicht zu vergessen. Geschenke wurden unter dem Baum hervorgeholt oder gleich selber überreicht. Jeder freute sich schon auf das Singen und Spielen der alten Weihnachtsmelodien, denn Hausmusik wurde in Ostpreußen, besonders in der Winterzeit, großgeschrieben.

Die Winter waren lang, die Gegend einsam, der Schnee lag oft hoch, da galt es, sich die Zeit zu vertreiben. Neuerdings wurde auch im Hause Gehlhaar viel musiziert, man sang sogar das Heimatlied von den Ostseewellen, das Emma und Emil aus dem Urlaub mitgebracht hatten und das inzwischen alle Familienmitglieder, ja sogar manch andere im Ort, gut singen konnten. Musik diente nicht nur der Beschäftigung, Unterhaltung und Ablenkung, nein, jeder konnte sich nach Herzenslust darstellen. Selbst gestaltete Musik erzeugte Zufriedenheit, war ein Mittel der Verbundenheit, ein Hoffnungsträger, half der Seele und dem Körper zur Gesundung. Abgesehen davon, dass man an normalen Tagen sehr gut die Langeweile vertreiben und den Familienfrieden wiederherstellen konnte, machte es auch noch großen Spaß, miteinander zu musizieren. »Stille Nacht, heilige Nacht«, ein neu aufgekommenes Weihnachtslied, wurde wie immer in den vergangenen Jahren gesungen. Von dieser einfachen schlichten Weise waren sie alle angetan, man glaubte beim Singen, dass es dieses Lied schon seit ewigen Zeiten hätte geben müssen, dem war aber nicht so. In der alten

Familienheimat Salzburg hatten der Hilfsgeistliche Josef Mohr und der Lehrer Franz Xaver Gruber aus dem Ort St. Nikolaus ein neues Lied geschrieben, das dann, fast dreißig Jahre in Vergessenheit geraten, wieder auflebte und in seiner Schlichtheit nun die Welt eroberte – »Stille Nacht, heilige Nacht«.

Für die Erwachsenen war es Sitte, anschließend zur Mitternachtsmesse zu fahren, wenn das Wetter es zuließ. Erst am ersten und zweiten Feiertag wurde dann alles an Essen Vorbereitete groß aufgetischt, dazu waren liebe Menschen, Familie oder Freunde eingeladen worden, oder man ging zu Besuch, sofern man selber geladen war. Oma und Opa Faesel sowie alle Geschwister, die von weiter her nach Hause gekommen waren, feierten ein Wiedersehen. Es war eine wunderbare Zeit voller Harmonie und Frieden, doch auch mal mit Streitgesprächen, die nötig waren, voller Essen, Überraschungen und Lachen, die Weihnachtszeit eben. Das schönste Fest im Jahr.

Dickbauchzeit

Dieses Mal wird es ein Junge, Emma! Dein Bauch ist ganz spitz.« Bereits im März 1905, also im Frühling nach der Entbindung Gertruds, wussten alle, dass es wieder ein Baby bei Gehlhaars geben würde. Nun war es Oktober, Erntezeit, wie im vergangenen Jahr. Ein Kind sollte geboren werden. Am 24.10.1905 wurde Emma und Emil der kleine Adolf (nach ihrem Lieblingsbruder benannt) geboren, er war genauso ein friedliches und stilles Baby wie Gertrud im Jahr zuvor. Adolf weinte wenig, hatte für alle Menschen ein Lächeln, was ihm ein Leben lang weiterhalf, und die kleine Gertrud, die gerade begann, erste Worte zu lernen, nannte ihren Bruder »Adaf«.

Dann, eineinhalb Jahre später, am 21.03.1907, kam Meta zur Welt, sie war von Anfang an ein munteres Ding und eine resolute kleine Dame, die es beizeiten lernte, sich bei ihren Geschwistern durchzusetzen.

Wieder ein dicker Bauch, nach wieder eineinhalb Jahren. Der 09.07.1908 war der Geburtstag der kleinen Frieda Emma Gehlhaar, auch eine von den stillen, lieben, bescheidenen Menschen auf dieser Welt. Sie schaute sich bald schon recht verständig um, machte wenig Arbeit. Frieda sollte ihrer Mutter Emma in Aussehen und Wesen am ähnlichsten werden.

Emma liebte jedes ihrer Kinder und auch immer noch deren Vater, aber sie war ausgelaugt, müde. Sie funktionierte, kam nicht zum Wünschen, zum Nachdenken oder gar zum Träumen in den Jahren. Zeit für sich selber gab es höchstens auf der Toilette oder im Wochenbett. Manches Mal jammerte sie über die viele Arbeit, manches Mal konnte es ihr niemand recht machen und so manches Mal sehnte sie sich nach den stillen, unbeschwerten Urlaubstagen am Meer auf der Kurischen Nehrung zurück. Aber sie hatte keine Zeit, in Erinnerungen zu schwelgen. Ach, wieder einmal reisen können, egal wie! Reisen, gar fremde Länder sehen können, so etwas war in weite Ferne gerückt. Es blieb nicht einmal die Zeit, sich schöne Gedanken irgendwelcher Art zu gönnen oder Wünsche auszuspinnen. Emmas Unzufriedenheit resultierte aber auch aus der Tatsache, dass es zu eng bei den Schwiegereltern geworden war. Emils älterer Bruder hatte die Erbschaft übernommen, und da auch seine Familie im Wachsen war, brauchte er für sich und die Seinen selber den Platz. Emils Eltern mochten den zunehmenden Lärmpegel, die ständige Unruhe im Haus nicht so sehr. Es gab auch genug Reibereien ohne ersichtlichen Grund. Emils Eltern waren schon müde und hätten gern etwas mehr Frieden auf ihre alten Tage gehabt. Es war inzwischen einfach zu wenig Raum im Hause Gehlhaar für die explodierenden jungen Familien. Aber wie sollte man das ändern? Längst waren die kleine Kammer und die gute Stube hauptsächlich Schlafstelle für die sechs Personen. Je mehr Kinder, desto weniger Geld, wo sollte da etwas für ein eigenes Haus herkommen? Eine fremde Wohnung mieten, so etwas gab es auf dem Lande kaum. Wegziehen? Hier waren sie zu Hause, was sollten sie woanders?

Überraschendes

Die Weihnachtszeit 1909 wurde für Emma und Emil ein denkwürdiges Datum. In dem Jahr waren sie zu Weihnachten nicht nur zum Festessen von Emmas Eltern eingeladen worden, nein, sie sollten quasi einen kleinen Urlaub machen – die Mutter kannte ja Emmas geheime Wünsche nach Veränderung –, sie sollten also die gesamte Weihnachtszeit über in der Schmiede bei Emmas Eltern wohnen. Es würde ein fröhlicheres Weihnachten werden, mit viel Platz für die vier kleinen Enkel. Emmas eigene Geschwister hatten in den letzten Jahren nach und nach ihr Elternhaus verlassen. Drei von ihnen, Adolf, Fritz und Albert, waren in Berlin sesshaft geworden oder noch in Ausbildung. Ihr ältester Bruder Max hatte in Groß Lenkenau eingeheiratet, der zweite der Brüder, Otto, hatte seine Ida zwar auch hier in Adomischken kennen- und liebengelernt, sie waren aber, der Arbeit wegen, kurz vor ihrer Hochzeit im Frühling 1904 nach Willkischken gezogen.

Zu diesem Weihnachtsfest nun würde keiner von den in die Fremde gezogenen Kindern kommen können. Da war auf einmal genug Platz im Elternhaus. Emma war eine Abwechslung recht, wenn es auch wieder zusätzliche Arbeit bedeutete, alles für diese Zeit Benötigte zu verpacken und hinüberzuschaffen. Die dortigen Vorbereitungen zum Fest waren Emma vertraut. Große Geschenke waren nicht üblich, Kleinigkeiten waren bereits hergestellt oder gekauft, Weihnachten konnte kommen. Emma freute sich, mal wieder »Kind« im Hause zu sein. Dann aber, unter dem Christbaum, gab es für die ganze »Familie Gänseklein« nur ein einziges wirkliches und ganz großes Geschenk, eine wunderbare Überraschung.

Es war eine amtliche Urkunde, die besagte, dass Emmas Elternhaus mit Haus, Hof, Scheune, Stallungen und Schmiede, dazu alle Grundstücke, das heißt Wälder und Felder, an die Tochter Emma Gehlhaar geborene Faesel überging, amtlich überschrieben war, mit allen Rechten und Pflichten, die so etwas mit sich brachte.

Ein kleines Ausgedingehäuschen an der einen Seite des Grundstückes, nahe der Jura, die den Heimatort durchfloss, sollte den Eltern zur eigenen Nutzung bleiben. In diesem kleinen Extrahäuschen hatten die Großeltern des früheren Besitzers und bis vor Kurzem auch die beiden ältesten Brüder Emmas gewohnt. Dieses kleine Haus sollte den Eltern bis zu ihrem Tode gehören, hier würden sie in Zukunft ihr eigenes Reich haben. Versorgungsverpflichtungen der Jungen gegenüber den Alten waren inbegriffen: Die jährlich zu erhaltende Menge an Holz, Schlachtvieh, Eiern, Milch und anderen Lebensmitteln war festgelegt worden. Eine alte Sitte, welche die Vorfahren mit aus dem Salzburger Land gebracht hatten. Alles war ihnen, Emma und Emil ja recht, wenn sie mit ihrer Familie nur aus der Enge herauskonnten. Und sie konnten in ihrem Heimatort bleiben. Das war ein Weihnachtsfest!

Hausbesitzer waren sie jetzt also, und nicht nur das, alle Äcker und Wiesen und Waldstücke gehörten mit dazu. Und das, obwohl die Grundstückspreise stark gestiegen waren.

Blütezeit Ostpreußens und der Familien

Die Einwohnerzahlen Ostpreußens stiegen sprunghaft an. Sprunghaft waren auch die Verbraucherquoten aller Lebensmittel, Tiere, handwerklichen Erzeugnisse sowie Grundstücke und Häuser gestiegen. So war natürlich auch der landwirtschaftliche Wohlstand für alle Bauern spürbar mitgewachsen, was wiederum rückwirkend auf das weitere Erblühen von Handel und Gewerbe Auswirkung hatte. Ostpreußen und seinen Bewohnern ging es gut.

Da hatte Emil also, ohne es zu ahnen, eine wohlhabende Frau geheiratet. Niemals hätte Emma geglaubt, einmal Besitzerin des elterlichen Hofes zu werden, wo sie doch fünf Brüder hatte. Ihr Vater, der sich als Schmied vor vielen Jahren, nach Wanderzeit und endgültiger Arbeit in der Willkischker Gutsschmiede, hatte selbstständig machen wollen, hatte damals dieses Grundstück für wenig Geld vom alten Schmied Harder in Adomischken gekauft. Mit Frau und den ersten Kindern war er hier hergezogen. Heute war er ein angesehener Mann im Ort. Im Laufe der Jahre hatte er günstig gelegene Felder, Wald und Wiesen dazugekauft, Tiere gehalten, eine kleine Landwirtschaft nebenbei betrieben. Mathias, der sein Leben lang gern gearbeitet und auch gern mit allen Kunden geschwatzt hatte, war durch seine muntere, unbekümmerte Art im Ort beliebt und gut »angenommen« worden. Nun war es ja auch einfach, Kontakte in seinem Beruf zu knüpfen, Pferde waren kostbares Gut, und wenn er sie vorbildlich versorgte, schätzten ihn die Bauern. Ein Schmied im Ort war immer auch ein bisschen Tierdoktor, da er sich besonders mit der Anatomie der Pferde auskannte. So war er in die Häuser geladen und hatte vielen in den umliegenden Orten helfen können. Auch manch andere schmiedeeiserne Arbeit hatte Matthias ihnen geliefert, seien es Zäune, Regale und anderes. Da er schon mit vierzehn Jahren Waise geworden war, wollte er immer eine Großfamilie haben. Nach dem Auszug der Söhne waren Henriette und er plötzlich allein. Wenn sie nicht aufpassten, würde das auch so bleiben. Mathias bereitete alles vor, sprach mit allen Kindern über ihre Zukunft. Die Söhne würden nicht zurückkommen. Sie hatten sogar schriftlich auf Haus und Hof verzichtet, sich selbst und der Schwester zuliebe. Und sie waren froh, dass sie Emma nicht bei sich aufnehmen mussten, da sie nun doch noch geheiratet hatte. Nachdem sie die Großstadt und ihr bequemes Leben erst verwöhnt hatte, reizte sie die Einsamkeit und Kargheit des Lebens in Ostpreußen höchstens noch mal im Urlaub oder um die Eltern wiederzusehen. Sie gehörten zu den vielen Hunderttausenden Jungarbeitern, die das Mutterland Deutschland für die neu erblühenden Industriegebiete der deutschen Großstädte, insbesondere Berlin, gebrauchen konnte. Die neu gebauten Fabriken und Verwaltungen suchten überall nach willigen Arbeitern. Sie wurden sehr gut bezahlt, die starken und fleißigen Ostpreußenjungen und -mädchen. Den neuen »Großstädtern« wiederum zogen immer neue Geschwister und Bekannte aus der alten Heimat hinterher. So waren auch drei von Mathias' Söhnen diesem Ruf gefolgt. Auch die beiden anderen Söhne waren gut versorgt, erbten die Höfe ihrer Frauen. Emma war die Einzige, die in Adomischken wohnen bleiben wollte, sie war die Einzige, die den alternden Eltern zur Hand gehen würde, wenn es nötig sein sollte, und die genug Kinder hatte, von denen sicher eines in der ostpreußischen Heimat wohnen bleiben mochte. »Tochter im Haus ist immer anders als Schwiegertochter«, sagten die Alten. Darum sollte es Emma sein, die alles bekam. Emma war jetzt also Gesamterbin.

Die Familie blieb ab Weihnachten gleich im neuen Zuhause wohnen. Nach und nach holte man die Möbel und sonstiges

Eigentum herüber, einen großen Umzug gab es nicht, der Panjewagen reichte aus, alle Habseligkeiten umzusetzen. Emil half den Handwerkern, das Ausgedingehäuschen modern herzurichten, setzte neue Öfen, baute von außen eine neuartige Toilette mit einer Wasserspülung, die man vom inneren Ende des Flures aus betreten konnte. Im Winter, bei Schnee und Eis, war das gerade für alte Menschen nicht zu unterschätzen. Ein dickes, schräg eingebautes Rohr führte den Abfall direkt in die Jauchegrube im Garten. Oben hing ein Wasserkanister, ein Hebel mit einer Kette und einem schönen Porzellangriff zum Spülen. Emma setzte den Eltern blühende Rosenstöcke rechts und links vor die Haustür. Mutter Henriette und Vater Mathias, die ab jetzt dort leben wollten, sollten es gut haben. Im Birkenwäldchen, nahe dem Ausgedinge und nahe der Jura, baute Emil auch gleich noch für Emma und ihre Mutter einen Enten- und Hühnerhof. Und Emma pflanzte Blumen, Blumen überall. Die zarten Frühlingsblüher, die sie so liebte. Maiglöckchen, Märzbecher, Hyazinthen und Schneeglöckchen, dazu Veilchen. Alles gedieh, alles gelang ihr was sie begann. Eine schöne Zeit. Mariechenkäferzeit, Glückszeit. Symbol der Menschheit für Glück seit vielen Tausenden von Jahren.

Die Kinder, soweit sie schon konnten, sahen das ehemalige Großelternhaus mit neuen Augen und eroberten es für sich. Sie entdeckten in Scheune, Hof und Garten immer Neues, bewunderten auch gebührend Großvaters Schmiedekunst, obwohl es dort noch zu gefährlich für sie war. Denn wenn die Esse glühte, angetrieben durch den Blasebalg an der Decke, wenn das glühende Eisen zischte, wenn es ins Wasser gehalten wurde oder auf die Hornhaut der Pferdehufe, sah es schon gefährlich aus. Und all die spitzen, scharfen Handwerksgeräte bedeuteten auch Gefahren für kleine Kinder. Emma musste die Kleinen oft trotzdem dort »einfangen«. War doch Großvaters Schmiede eine unerschöpfliche Quelle an interessanten Dingen. Die große, alte, schwere Lederschürze, die er dann vom Haken nahm, der Wasserbottich, für ein Kind sehr tief, die großen schweren Schmiedehandschuhe waren zu bestaunen, ebenso die verschiedenen Zangen und Werkzeuge, die an den Wänden fein säuberlich aufgereiht hingen. Der Schmiedehammer, der immer auf dem eisernen Amboss oder in der Feuerstelle lag. Die Hufeisen, Stollenschlüssel, Eisenbänder, Drähte, Zangen und Nägel, die in allen Größen da waren. Die seltsamsten Sitzgeräte gab es in so einer Schmiede. Der Staub, der Schmutz, die Schwärze des Raumes und nicht zuletzt der Großvater selber, der so manches Mal dort noch arbeitete oder ihnen in der Schmiede lustige Arbeitsgeschichten oder solche aus fremden Ländern erzählte, zogen die Kinder magisch an. Auch Emma und ihren Geschwistern war es in der Kindheit so gegangen. Damals aber hatte der Vater sie oft weggetrieben. Heute war er nachsichtiger und auch stolz, den Enkeln seine Kunst zeigen zu können. Wer wusste schon, wie lange das noch so ging, zählte er doch auch schon über siebzig Jahre.

Ja, es war ein gutes Leben, das allen wieder Kraft gab. Und Emma war wie neugeboren. Nichts fiel ihr mehr schwer, alles ging ihr nun flott von der Hand. Ihre Mutter, obgleich eine strenge, sehr genaue Frau, blühte wieder auf mit all dem jugendfrischen Leben, mit all der Arbeit und der Verantwortung. Oma Faesel war glücklich, als sie sich neu in ihrem putzfreundlichen, weil kleinen Häuschen einrichten konnte. Gemütlich war es dort, und es gab eine Wassertoilette, wer hatte das schon in Adomischken? Emil war ein Tausendsassa. Alles ging gut, alles war richtig so, wie es jetzt war. Vor lauter Freude und Erleichterung blühte natürlich auch das Liebesleben Emmas auf. Emil nutzte jede sich bietende Gelegenheit und so ging natürlich auch Emmas »Dickbauchzeit« erneut weiter.

Die Jahre flogen fast unbemerkt dahin. Arbeit, Liebe, Feiern, Aufregungen im täglichen Trott mit Hof und Kindern sowie der Verwandtschaft. Einzige Abwechslung bildete da im Winter das allgemeine Federnreißen. Reihum gingen alle Frauen des Dorfes zu jeder einzelnen an einem Tag nach Hause. Sie

wurden, solange sie blieben, von der jeweiligen Familie mit Essen und Trinken versorgt und hatten Spaß miteinander beim Singen und Schwatzen. Sie setzten sich in einen Stuhlkreis, schütteten die im Haus befindlichen, das Jahr über gesammelten Enten- oder Gänsefedern in die Stuhlkreismitte und trennten reißend die Daunen von den Spelzen. Die Besten dienten als Füllmittel für Daunenbetten, die schlechteren für Federbetten. Gute feste Gänsefedern aus den Flügeln wurden als Schreibfedern zurückgelegt. Vorne schräg angespitzt dienten sie Kindern und Erwachsenen, in Tinte getaucht, als Schreibwerkzeug. Die kleine Hühnerfarm, die sich Emma neben dem Ausgedingehäuschen ihrer Eltern am Birkenwäldchen aufgebaut hatte, bewährte sich sehr.

Emma wollte immer noch gerne reisen, und nun kam sie wenigstens einmal in der Woche nach Wischwill, Willkischken, Tilsit oder sogar Tauroggen auf den Wochenmarkt, um ihre überschüssigen Lebensmittel zu verkaufen. Je nach Ort waren das manchmal ganz schön weite Fahrten, die den ganzen Tag in Anspruch nahmen. Aber das Kutschieren des kleinen Panjewagens, ein kleiner Pferdewagen mit Gummirädern, der leicht und locker über die unebenen Wege lief, gezogen von nur einem Pferd, beherrschte Emma sehr gut. Mit diesen Marktverkäufen verbesserte Emma auch ihre eigenen Geldmittel, da Emil meinte: »Das Geld ist dein selbst verdientes, gib es aus, wie du es für richtig hältst.« Das gab Freude, Kraft, Selbstvertrauen und nicht zuletzt Emmas stetige Liebe. Schön, wenn man eigene Mittel hatte als Hausfrau, die man zusätzlich zum Üblichen verwenden konnte. Schön auch, wenn man mal aus dem täglichen Trott herauskam. Emma liebte dieses Leben.

Im Frühling 1910 sollte Klein Emil das Licht der Welt erblicken, ein munteres Bübchen, von allen verhätschelt.

Und bereits im Frühwinter 1911 gab es für Emma ein sechstes Kind, einen dritten Sohn namens Bruno. Die anfängliche Euphorie Emmas, wenn es wieder ein Baby geben sollte, hatte sich in stille Ergebenheit gewandelt. Die Nachbarn und Verwandten schmunzelten: »Emil braucht nur seine Hose über Emmas Bett zu legen und schon ist sie wieder schwanger.« Emil war eben noch sehr jung und seine Emma, in ihrer zurückhaltenden Art, reizte ihn eben immer wieder aufs Neue, sie zu erobern. Er lachte, wenn sie Angst hatte, schon wieder schwanger zu werden. Emil hatte gut lachen, er war stolz auf die Eroberung seiner Frau, aber Emma war nicht so sehr zum Lachen zumute, sie fühlte sich trotz der positiven Lebensumstände im neuen Zuhause nach diesen paar Jahren schon wieder so manches Mal überfordert, seit fast zehn Jahren lief sie ständig mit einem dicken Bauch herum. Und dann die Geburten, so einfach verliefen die ja auch nicht. Sie hatte inzwischen sechs kleine Kinder zu betreuen, den Haushalt zu führen und all die anfallenden Arbeiten auf dem kleinen Bauernhof zu machen. Einmal ganz abgesehen von Dingen wie Behördengängen, die es als verantwortliche Grundstücksbesitzerin ja auch noch gab. Sicher packten alle Erwachsenen des Haushaltes kräftig mit an, aber es gab so viel Arbeit und an die Hausfrau wurden nun einmal die meisten Anforderungen gestellt. Und dabei hatte Emma einmal Angst gehabt, keine Familie, keine Kinder zu bekommen. Als junges Mädchen dachte sie, mit dreißig wäre man alt, alles wäre fast zu Ende. Das Leben belehrte sie jedoch eines Besseren. Nur gut, dass Gertrud und Adolf, ihre beiden »Großen«, ruhige, fleißige und verständnisvolle Kinder waren, die der Mutter mit ihren acht und sieben Jahren schon tüchtig zur Hand gingen. Besonders ihre Gertrud war als Kindermädchen für die jüngeren Geschwister sehr gut zu gebrauchen. Adolf wiederum war fleißig und für sein Alter schon recht umsichtig und bei jeder Kabbelei der Geschwister ein guter Schlichter. Handwerklich schlug er dem Vater nach. Er traute sich im praktischen Arbeiten schon allerlei zu und entwickelte Geschick dabei. Meta war die wilde Hummel im Haus, die anderen drei Kinder dagegen noch sehr klein. Emil arbeitete oft auswärts, war ständig unterwegs. Neben der landwirtschaftlichen Arbeit baute er in Deutschland und auch in Litauen den Leuten wunderschöne Kachelöfen. Nicht so normale, sondern wie in Russland oder im schönen Bayernland, mit Winkel und Eckchen oder Extraplätzen für die Kinder bzw. Essen, das warm gehalten werden sollte. Überhaupt war er, wie schon festgestellt, handwerklich sehr geschickt. War er zu Hause, hielt Emil Haus, Ställe, Schmiede und Scheune vorbildlich in Ordnung. Half seiner Frau auch bei der Versorgung der Tiere oder beschaffte Futter von den Feldern und Wiesen. Wie man sah, klappte sogar das Eheleben immer noch gut. Das Zusammenleben mit Emma, ihren Eltern, die zwar nebenan ihr eigenes kleines Heim hatten, aber trotzdem immer präsent waren, die Liebe zu den Kleinen, das Interesse an zahlreichen Dingen, Hausmusik eingeschlossen, die Achtung voreinander, Gespräche und die körperliche Liebe kamen beileibe nicht zu kurz.

War das Glück? Wenn ja, so waren sie beide tatsächlich bevorzugt und glücklich. Warum fehlte ihr dann immer noch irgendetwas? Das geliebte und so vermisste Reisen? Oder Zeit für sich und etwas mehr Frohsinn? Emma wusste es nicht. Manches Mal dachte sie, dass Emil, der ja nun mit seinen 33 Jahren im besten Mannesalter war, einfach zu potent für eine einzige Frau war. Viel zu schnell kam immer wieder ein Kind und sie musste es dann ausbaden. Aber sie hatte sich ja, mehr als alles auf der Welt, eine eigene Familie gewünscht, nun hatte sie reichlich davon. Emma liebte Kinder, aber fast jedes Jahr ein neues Baby zu bekommen, das war doch bei aller Kinderliebe etwas zu viel! Sie war inzwischen

36 Jahre alt und hoffte sehr, dass ihre biologische Uhr bald abgelaufen sein würde, damit das ständige Kinderkriegen aufhören könnte. Heimlich war sie sogar wieder bei ersten Anzeichen einer neuen Schwangerschaft vergebens über so manche Gräben gesprungen und dann trotzdem ganz froh gewesen, dass sie das werdende Kindchen nicht wieder verloren hatte. Zählte sie doch ihre damalige Fehlgeburt, ihr verlorenes Baby, immer noch insgeheim zu ihren Kindern. Die Frauen rundum hatten alle viele Kinder. Oft aber nicht so schnell hintereinander. Bei manchen Nachbarn wurde ein Teil der Kinder auch nicht alt. Gott hat's gegeben, Gott hat's genommen. Emma aber hatte Glück, ihre Kinder gediehen. Sie liebte ein jedes, wenn es dann da war, und dachte noch ab und zu mit Schaudern an das erste, ihr so früh entrissene Kind. Die Zuneigung der Ehegatten war trotz der Kinder, der sich ändernden Figur Emmas nach diesen zehn Jahren noch frisch. Trotzdem wehrte sie oft des Nachts ihren zärtlichen »Liebsten« ab. Emma hatte jedoch nur selten damit Erfolg. Sie wusste nie so recht, wie Emil es immer wieder schaffte, sie herumzubekommen. Anstatt ihm ernsthaft Einhalt zu gebieten, erlag sie, müde und verspannt, wie sie oft war, seinem zärtlichen Streicheln. Seine Zärtlichkeit lullte sie ein, so ergab sie sich immer wieder freiwillig und auch noch gern. Ja, sie genoss es sogar, dieses Nachgeben. Und wenn sie dann doch wieder ungewollt schwanger geworden war, war diese ihr so wohltuende körperliche Liebe ja auch egal, denn man konnte schließlich nur einmal schwanger sein. Sie genoss es einfach, noch begehrt, noch immer geliebt zu werden. Vielleicht hatte Emil ja die berühmten magischen Hände, die alles, was sie anpackten, gelingen ließen, sogar ihre Liebesbereitschaft?

Ängste

Emil war besorgt. »Die werden doch nicht bei uns auch noch anfangen?« »Unsinn, Krieg hat es seit über hundert Jahren in Ostpreußen nicht gegeben, die kommen doch alle zu uns in die Sicherheit, jetzt wo Österreich und Serbien im Streit liegen«, entgegnete Mathias. »Streit ist gut! Das war eine Kriegserklärung wegen des ermordeten österreichischen Thronfolgers, das ist Krieg, mein Lieber, und kein Streit, das kann sich ausbreiten, ich meine, die Russen hier machen mobil, das ist kein Manöver. Die Grenzen sind ja hier überall nicht bewacht und hinter der Grenze soll es Truppenbewegungen geben.« »Ostpreußen hatte noch nie so einen wirtschaftlichen Aufschwung wie zurzeit«, versuchte ihn Mathias zu beruhigen. »Denk an die großen Zellstofffabriken in Königsberg, Tilsit und Memel, an den vergrößerten Hafen dort in Memel.« »Na eben, genau darum, hier ist viel zu holen!« Mathias ließ sich nicht beirren. »Eine dritte Vollbahnstrecke soll gelegt werden, dazu ein Zentralbahnhof in Königsberg. Ein Außenhafen, dazu ein Kanal in den Masuren, nein, nein, du siehst schwarz, wir sind mit allem im Aufschwung und das bleibt, so Gott will, auch so. Kein vernünftiger Mensch würde das alles aufs Spiel setzen.« Emil kniff die Augenbrauen zusammen. »Ich traue dem Frieden nicht, von einem Krieg weiß doch niemand vorher, wie er ausgehen wird.« Mathias, der sein eigenes Leben hier in Frieden verbracht hatte und auch von seinen Vorfahren wusste, dass sie ihr Leben in der abgeschiedenen ostpreußischen Geborgenheit gelebt hatten, war nicht ängstlich zu machen. »Die haben sich schon manchmal bekabbelt und wieder vertragen, Krieg gibt es hier bei uns deshalb noch lange nicht, nicht in Ostpreußen. Weißt ja, es ist wie bei den Kindern. Pack schlägt sich, Pack verträgt sich.« »Na, wer weiß? Mir wäre es lieber, wir gingen hier erst einmal fort.« »Fort?«, rief Mathias entsetzt. »Wohin denn? Die Berliner schicken schon ihre Kinder hierher in Sicherheit, weil es eben bei uns ruhig bleibt.« Emil, der schon immer für Politik ein offenes Ohr gehabt hatte, konnte seinen Schwiegervater nicht überzeugen. Wie gesagt: Pack schlägt sich, Pack verträgt sich, die wollen alle leben. Punkt und so war es. Sollte es aber doch so kommen, würde der kleine Mann es dann sowieso aushalten müssen, was die Großen beschlossen hatten. Mathias war sich trotz aller Argumente vonseiten Emils sicher, dass eine baldige Ausdehnung des Krieges bis nach Ostpreußen Unsinn war. Alles verkaufen und nach sonst wohin hinziehen, wie Emil vorgeschlagen hatte, kam gar nicht infrage. Emil wollte wenigstens die Frauen und Kinder der Familie weit weg von der Grenze in Sicherheit schicken. Das sei unnötiger Aufwand, unnötige Panikmache, sagte Mathias, und wohin sollte man sie auch schicken? Gut, Emil war noch vor einem Jahrzehnt im Ausland gewesen, hatte irgendwo alte Meister, die ihn auch mit Familie nehmen würden, zumal man ja in ihrer Familie Hochdeutsch sprach, jedenfalls meistens, und sie nicht als »Fremdlinge« auffallen würden. Mathias Meinung nach aber war ein zeitweises Umziehen unnötiges Herumgezerre der Familie. Vater Mathias dachte in seiner schon etwas behäbigen Art: Mit sechs Kindern und einer gerade wieder schwangeren Frau würde der Schwiegersohn wohl nicht so verantwortungslos sein, einer ungewissen Zukunft in Österreich oder der Schweiz entgegengehen zu wollen, noch dazu, wo nicht erwiesen war, dass dieser Krieg sich bis hierher ausbreiten würde. Kriege gab es früher, die Menschheit war klüger, besser geworden, ganz sicher, Kriege gehörten der Vergangenheit an, und was da in Serbien und Deutschland stattfand, war weit weg, hier in Ostpreußen war man sicher. So war es! Da gab es Emil auf. Was sollte er noch sagen, welche Argumente vorbringen? Emil resignierte. Es würde schon nicht so schlimm kommen.

Drei Wochen später aber hatte Emil seine Einberufung zum Militär auf dem Tisch. Deutschland hatte wegen der Mobilmachungen an den deutschen Grenzen Russland den Krieg erklärt. Dass es schon zwei Tage später auch Frankreich, am 4. August Belgien, welches den Truppendurchmarsch abgelehnt hatte, sogleich auch England, Japan und Italien den Krieg erklärte, ließ alle Menschen nur den Kopf schütteln. Wer suchte sich denn gleich so viele Feinde auf einmal? War Deutschland wirklich so stark? Der Krieg war da, und wie! An allen Grenzen loderte er gleichzeitig. Gut, die Deutschen waren nicht allein, man hatte Verbündete, die Türkei, Bulgarien und nicht zuletzt das kleine Österreich. Aber zu viert gegen alle? Krieg herrschte in ganz Europa. Und in Ostpreußen? Die russische Njemenarmee hatte am 14. August, für alle völlig überraschend, die Grenze Ostpreußens überschritten. Nun war es zu spät, das Land einfach zu verlassen. Das Einzige, was noch ging, war, heimlich Wertgegenstände irgendwo im eigenen Grundstück einzugraben, damit sie nicht gestohlen würden. Manch ein Notgepäck stand in der Ecke für den Fall, dass man einmal schnell wegmusste. Die Schlacht bei Gumbinnen am 19. und 20. August 1914 schaffte vorübergehend Luft, sodass sogar die dortigen Soldaten zur Weichsellinie abtransportiert wurden, weil man sie dort mehr benötigte als im Osten Ostpreußens. Kaum waren sie jedoch weg, sah man auf dem flachen Lande die russische Armee sich mit allen denkbaren Schrecken ausbreiten.

Emma, die schon aufgeatmet hatte, war wieder am Zusammenpacken. Hindenburg und Generalstabschef Ludendorff schlugen zwar am 26. bis 30. August in der gewaltigen Schlacht bei Tannenberg die viel größere russische Armee und setzten sie gefangen, retteten so Ostpreußens Hauptstadt, aber die Kriegswirren gingen weiter. Emma und die Ihren begannen, vielerlei Entbehrungen zu spüren. Am 9. September hatte man Ostpreußen in nur drei Wochen, vor allem mit ostpreußischen Soldaten, wieder offiziell befreit, glaubten jedenfalls alle. Flüchtlinge strömten zurück, ernteten Reste ab, bereiteten die Felder neu vor, mussten wieder fliehen. Ein Hin und Her in den Orten, nichts im Leben war mehr von Bestand. Das einfache Volk blickte nicht mehr durch. Angebliche Spione wurden von den wieder eindringenden russischen Truppen gefangen genommen. Jeder floh, wer zurückblieb, galt den Russen als Spion und wurde ohne großes Federlesen erschossen. Trotzdem kamen viele Menschen auch zum zweiten Mal von der Flucht zurück, fest der eigenen Scholle verhaftet, voller Glauben an baldigen Frieden. Aber der für alle überraschende russische Vormarsch hatte in den Dörfern verheerend zugeschlagen. Viele Ostpreußen waren geflüchtet. Im wirren Chaos, mit völlig verstopften Straßen – eine organisierte Flucht gab es nicht –, kamen die Fliehenden nirgends an, sondern höchstens um. Wer zu Hause blieb, büßte Hab und Gut, Tiere und alle Lebensmittel, oft sogar auch hier das Leben ein. Alle waren, wenn auch immer nur für kurze Zeit, der Willkür der Eroberer ausgeliefert. Das reichte jedoch schon, um blankes Chaos anzurichten. War es bei der Besetzung des Landes hart hergegangen, sollte es beim Rückzug der Truppen die Menschen noch härter treffen. 350.000 Einwohner verließen damals ihre Heimat, das russisch besetzte Ostpreußen war fast menschenleer.

Vater Mathias dachte oft an das letzte Gespräch mit seinem Schwiegersohn und was gewesen wäre, wenn sie wirklich rechtzeitig die Heimat verlassen hätten. So vieles hätten sie mitnehmen können, hätten mit den Kindern geordnet den Heimatort verlassen können. Die Erwachsenen und auch die Kleinen waren abgezehrt, als hätten sie schlimme Krankheiten. Alle Tiere waren gestohlen oder verzehrt und nicht zuletzt waren Maschinen und Felder zerstört. Die sonst immer reich ausgestatteten Bunker auf den Bauernhöfen waren ausgeraubt oder leer gegessen. Die Kinder litten unter Hunger und Kälte, aber noch waren sie in der Familie zusammen, noch lebte die Hoffnung. Die Hoffnung, Not, Flucht, Hunger, ja den ganzen Krieg zu überstehen, wenn er nur bald aufhören würde. Jedoch die Kriegswirren gingen, für die einfachen Menschen undurchsichtig, immer weiter. Mathias fühlte sich mitverantwortlich für alles Übel, das die Familie traf, hatte es doch an ihm gelegen, dem Schrecklichen nicht rechtzeitig entflohen zu sein. Krieg war inzwischen überall, dieses Hin und Her zehrte an Gesundheit und Nerven aller Menschen und der Pferde, keiner wusste so recht, wohin er sollte. Mathias war entsetzt, unterwegs wurden die Flüchtlinge sogar vom eigenen Militär missachtet. Viele Menschen kamen auch dadurch um, dass sie dem mit schweren Fahrzeugen bestückten eigenen Militär auf den Straßen im Wege waren, Zivilisten landeten einfach in Schneewehen im Straßengraben. Manche wurden dabei verletzt oder kamen nicht mehr auf die Füße. Hilfe untereinander war selten geworden. Chaos überall.

An den Abenden erzählten alle, was und wem sie begegnet waren, was ihnen bekannte Soldaten oder fremde Leute erzählt hatten. Die Menschen biwakierten in Wäldern oder auf fremden Höfen, in fremden Orten. Memel, Tauroggen, Tilsit wurden besetzt und wieder befreit, dabei fast völlig zerstört. In Insterburg und Gumbinnen hatten sich beherzte Männer der Zivilverwaltung gefunden, die mit Erfolg um die Verschonung ihrer Städte baten. Hier auf dem Lande aber konnte von Zivilcourage keine Rede sein. Strategisch und militärisch völlig unorganisiert ging alles durcheinander. Es herrschte Willkür.

Später sollten sie erfahren, dass 36 Städte, 1900 ländliche Gemeinden von der Gewalt betroffen waren, 40.000 Häuser wurden zerstört, 60.000 stark beschädigt. Viele Tausend Tiere, Schweine, Pferde, Rinder, waren vernichtet. Mathias schauderte es. Würde sich Ostpreußen je wieder davon erholen? Ihn aber und seiner Familie traf noch ein anderes Schicksal in diesem Krieg. 13.600 Menschen, darunter ganze Familien, hatten die abziehenden russischen Truppen auf ihren Rückzügen als Zwangsarbeiter mit nach Russland genommen. Von diesen Verschleppten sollten an die 4000 ihre Heimat nie wiedersehen.

Auch Emma mit Babybauch und ihre sechs kleinen Kinder, alle bereits vom Hunger gezeichnet und mit geflickter Kleidung, zum wiederholten Male auf der Flucht mit Vater Mathias und ihrer Mutter Henriette, befanden sich plötzlich mit all ihrer mitgenommenen Resthabe nicht mehr auf dem Weg zurück nach Hause, sondern auf einem Transport gen Russland. Fremde Soldaten hatten sie einfach alle gefangen und als Zwangsarbeiter für ihre russische Heimat mitgenommen. Die gesamte Familie Gehlhaar, allerdings ohne Emil. Wie grausam, kurz vor Adomischken gefangen zu werden. Emma weinte, nun würden sie weit weg von zu Hause, weg von allen Verwandten und Freunden, weit weg von der Heimat und dem Partner ihr Leben gestalten müssen, wenn sie nicht alle unterwegs starben. Leben ohne die Hoffnung auf eine Heimkehr, vielleicht sogar ohne die Hoffnung auf ein Wiedersehen, ging das überhaupt? Und würde Emil überleben?

In Viehtransportern, vollgestopft mit Menschen aller Klassen, jung und alt, krank oder gesund, führte man die Gefangenen gemeinsam in eine ungewisse Zukunft. Stroh gegen die Kälte und als Lager, Eimer mit Wasser zum Trinken, karge Rationen undefinierbaren Breies, Suppe oder hartes Brot stillten wenigstens den beißenden Hunger der Gefangenen. Emma und ihre Familie befanden sich mitten darunter. Sie waren mit Sack und Pack umgeleitet worden. Vieles von dem, was sie noch retten und auf ihrer Flucht mitnehmen konnten, hatten sie auch jetzt noch bei sich, nur Lebensmittel gab es kaum noch, bis auf ein bisschen Salz, Zucker und ein paar Gewürze. Die Gepäckstücke dienten den Erwachsenen als Kopfkissen oder Sitzplatz, damit sie nicht auch noch gestohlen wurden. Die Kleinen, nachts in Kleidungsstücke eingewickelt, froren trotzdem. An Hygiene war nicht zu denken, wenn Wasser übrig war, wurden mal die Babys gesäubert. Alle häuslichen Regeln, wie Händewaschen vor dem Essen, waren aufgehoben. Nur gebetet wurde nach wie vor oft. Aber sonst Schmutz und Gestank überall. Den einzigen Komfort bildete ein Eimer für die Notdurft der Insassen. Emmas einziger Trost waren ihre Eltern, die halfen, mit welchen erlaubten und unerlaubten Mitteln auch immer, ihre sechs Kinder am Leben zu erhalten. Eigentlich waren die vielen Kinder Emmas Rettung. Kinder liebte man meist. Auch die russischen Soldaten, die selber oft zu Hause Familienväter waren, vergaßen auf der Fahrt manches Mal, dass es Feindes Kinder waren, verlangten immer wieder von den Kindern ein Lied, wenn die Langeweile sie auf der weiten Fahrt plagte, oder sie trieben grobe Späße mit ihnen. Es gab wohl auch so manch gutmütigen Burschen unter ihnen, der den Kleinen etwas Essbares extra zusteckte oder ihnen russische Spaßlieder beibrachte. Emma selber, ausgemergelt wie sie war, ließ man in Ruhe. Es gab jüngere Frauen im Zug. Und die Kinder sangen lachend die Spaßlieder, die sie aufgeschnappt hatten.

Nanuschka kom tebja,
i kagda ja spoi menja.
Rasputzeloi, netschewoi,
ne snaju kuda tui idiosch.

Oder: »Jeikis, Jeikis, scholis pastereikis.«

Was immer das alles auch heißen mochte. Hin und wieder bekamen sie dafür eine Handvoll Nüsse oder Brot. Die offizielle Verpflegung hingegen war, wie schon gesagt, mehr als dürftig. Aber da gab es Sonnenblumenkerne. Ja, Sonnenblumenkerne waren der Kinder Lebenserhalt. Bald schon konnten die vier »Großen«, Gertrud, Adolf, Meta und sogar Frieda, sie fast so gut im Munde zerknacken und die leeren Schalen aus dem Mundwinkel zur Erde spucken wie ihre russischen Wärter. Diese »Fähigkeiten« behielten alle vier bis an ihr Lebensende bei. Die Soldaten amüsierten sich bestens über die kleinen »Nemezkis«, steckten ihnen immer wieder neue Samen zu, ließen die Kinder Spucken üben. Aber die öligen Kerne nährten gut.

Natürlich gab es auch Übergriffe der Soldaten, besonders auf die Frauen. Trotzdem schien es Anweisungen gegeben zu haben, die gefangenen Deutschen möglichst vollzählig und vor allem gesund und arbeitsfähig am Zielort, wo immer der sein mochte, abzuliefern. Direkte Grausamkeiten im Zug wurden jedenfalls kaum bekannt. Vielleicht hatten sie auch einfach nur Glück mit ihrem leitenden Offizier, der sich so etwas auf seinem Transport verbat. Adolf, der verantwortungsbewusste einzige größere Junge der Familie, kannte bald die Gutmütigen unter den Soldaten, er wusste genau, wann er sich etwas erlauben durfte und wann besser nicht. Stunden- oder auch tagelang war oft Halt auf der Strecke. Dann wurden die vollen Eimer aus den Waggons geleert, zu dieser unangenehmen Arbeit wurden die halbwüchsigen Jungen gezwungen, die ja nicht von ihrer Familie mitten im fremden Land weglaufen würden. Die kleinen Bengels aber, und so auch Adolf, sprangen schnell einmal bei freiem Halt an der Strecke in die neu bestellten Felder. Offiziell leerten sie den Toiletteneimer aus, heimlich aber suchte Adolf auf den Feldern und am Wegrand nach Essbarem oder irgendwie Verwertbarem. Holzstöckchen zum Heizen und so manche Wurzel, manch ein Kraut suchte er im Auftrag der Oma zur Krankenbehandlung. Wo immer etwas zu finden war, auch an Rüben, Kartoffeln, Mais, kleinen

Tieren oder Haselnüssen unterm Strauch, Adolf brachte es mit. Auch fremde Menschen, die ihm Brot zusteckten, gab es dann und wann. Emma und Henriette knackten die mitgebrachten Nüsse genau wie die Sonnenblumenkerne und kauten sie den Kleinsten ihrer Kinder zusammen mit dem harten Brot vor, ehe sie ihnen diese ins weinende Mündchen schoben. Man versuchte, mit trockenem oder auch nassem Stroh und kleinen Ästen Feuer in Töpfen oder Pfannen zu machen, um darüber das Gefundene etwas zu garen. Die Verständnisvollen unter den Soldaten drückten ein Auge zu, der Kinder wegen.

Es kamen genug Tage, wo es nichts Zusätzliches gab. Wo dieser und jener Magen ob der unzumutbaren Speisen rebellierte und gar nichts mehr wollte. Großvater Mathias war von den Entbehrungen schon stark gezeichnet. Er hatte ja sein Leben lang als Schmied immer gut essen müssen und nun war schon so lange Zeit »der schmale Hans« Küchenmeister. So sagte der Volksmund, wenn das Essen knapp wurde. Mathias, wie gesagt, übertraf sich selbst. Er war ein Meister im Ausdenken und Erfinden von »wahren« Geschichten und Märchen. Auch die Erwachsenen und fremden Kinder im Abteil ließen sich gern in diese gewebte Geschichtenwelt einspinnen und konnten so ihren Hunger, ihre Ängste und ihre Schmerzen für ein Weilchen vergessen. Zeit totschlagen, ohne verrückt werden zu müssen, war im Moment sowieso fast das Wichtigste. So hörte man gern von Mathias' Wanderschaft, zum Beispiel von dem großen kräftigen Mitgesellen, der nie richtig satt wurde und deshalb am Tisch tüchtig auf die Reste der Klöße oder Kartoffeln spuckte, damit niemand sie ihm mehr wegaß. Oder von der Hauswirtin in Italien, die jedem nur ein Glas Wein gab, das immer zur Hälfte ausgetrunken nur wieder mit Wasser gefüllt wurde, so lange, bis es nur noch Wasser war. Er brachte die Kinder zum Lachen, wenn er von seiner Mutter berichtete, die so viele Röcke und Unterröcke trug, dass sie bei Regenwetter einige davon von hinten über den Kopf schlagen konnte. Arme und Kopf blieben auf diese Art trocken. In den vielen Röcken gab es Taschen ohne Ende, in denen die Frauen damals alles Mögliche verstauen konnten. Sollten sie ein Baby bekommen, steckten sie sich Tücher ein. Wurde das Kind dann zufällig auf dem Feld geboren, gebaren sie es, wie die Tiere, hinter einem Busch, wickelten es in die Tücher und gingen weiter arbeiten. Abends dann wurde das Neugeborene wieder aufgelesen und mitgenommen. Schlüpfer kannte man nicht. Unterhosen hatten alle einen Schlitz, durch den gepullert und mehr werden konnte. Wunderliche Geschichten für die Kinder. Ja, Großvater Mathias tat trotz Schwäche sein Bestes. Wie oft hatte er vor dem Krieg gedacht: Emil würde doch nicht verantwortungslos mit schwangerer Frau und sechs kleinen Kindern ins Unbekannte ziehen wollen! Hätte er ihn nur gelassen, nun zogen sie wirklich genauso, nur noch viel schrecklicher ins Unbekannte. Darum musste er jetzt, so gut es ging, seiner Familie und wenn möglich auch den anderen helfen.

Im Zug, auch in ihrem Abteil, starben trotzdem die ersten Menschen. Minsk, Smolensk, Moskau, Ryazan, Tambov waren passiert auf dem Weg ins Ungewisse. Keiner sagte, wo die »Fracht« hingeleitet werden sollte, nach Sibirien vielleicht? Nach Sibirien schickten die Russen anscheinend alle unbequemen Menschen, so hörte man. Würden auch sie nach Sibirien kommen? Würde man dort leben können? Wenn ja, wo und wie? Würden die Kinder das überleben? Würden sie später nach Deutschland zurückkönnen oder wollen? Fragen über Fragen, die Mathias, den Verantwortlichen, quälten. Und es gab keine Antworten.

Heimatheide

von Max Gemmel

An meine Heimaterde denk ich oft zurück.
Von dem Heidehügel schweift so frei der Blick.
In der durchsonnten Heide lag und träumte ich so gern.
Herrliche einsame Heide, wie bin ich dir jetzt so fern.

Prangtest wieder so festlich im feurigen Spätsommerkleid,
und kein fremdes Auge störte uns weit und breit.
Lustverwöhnte Menschen sehen ernste Schönheit nicht.
Schönheit darf auch weinen, ihr ziert die Träne das Gesicht.

Wo warst du, als ich musst scheiden,
sahst so traurig mich an.
Wind pfiff durch dürre Heiden
und brachte Regen heran.

Knorrige Kaddigbüsche drohten aus nebligem Sprühn,
hinterm verschleierten Walde verblich das Abendglühn.
Nordische Blöcke glänzten bleich am dämmrigen Steg,
dann verbargen auch sie sich oder sperrten den Weg.

Eiligen unsichren Fußes sucht ich das heimische Haus.
Wie in der Heide sah es im Herzen trübe aus.
Kehr ich das nächste Mal wieder, blühest du wieder rot!
Freude wär keine Freude, wechselt sie nicht mit der Not.

Andere Umstände

Wer Glück hat, kann in Saratov den Zug verlassen.« Plötzlich war diese Nachricht ins Abteil geschwappt. Ob sie stimmte? Das sollte eine große Stadt sein, weit genug von zu Hause entfernt, wo die ersten von ihnen ausgeladen würden. Hoffnung keimte auf. Nun hing es davon ab, ob sich genügend Menschen finden würden, die Gefangene brauchten. Wer diese Nachricht im Zug verbreitet hatte und ob sie richtig war, wusste nachher niemand mehr zu sagen. Stimmte das wirklich? Immer wieder fragten die Leute sich das. Aber dann kamen zusätzliche Wassereimer in die Waggons mit der Aufforderung: »Waschen, Nemez, paschli!« Jetzt gab es pro Familie ein bis zwei Eimer, um sich endlich waschen zu können. Verdreckte Insassen wurde man nicht los. Vielleicht sollten die künftigen Herren auch nicht sehen, unter welchen Umständen der Transport verlaufen war. »Gschämig« war durch die wochenlange Enge des Zusammenlebens keiner mehr. Also zog man sich aus, genoss das viele Wasser zum Waschen, konnte sich endlich von oben bis unten säubern, wenn es auch kalt war. Bei Gehlhaars kamen die Babys zuerst an die Reihe, die letzte bisher geschonte Wäsche wurde angezogen. Emma schrubbte sich von Kopf bis Fuß, zog ihr gutes Schwarzes an, sie wollte genommen werden in Saratov, es musste ihr gelingen, hierzubleiben. Nicht noch weiter von zu Hause weg, nicht noch länger wie Vieh transportiert werden, sie wollte hier raus, auch der Kleinen wegen. Bis jetzt hatten die Kinder überlebt, aber wie lange noch? Sie mussten raus, um fast jeden Preis, aber wie? Ihre Mutter und der Vater taten es ihr gleich, halfen ihr, sich selbst und die Kinder, so gut es ging, zu putzen, die nassen Haare in Fasson zu bringen. Endlich hielt der Zug wieder und es hieß warten. Einige der Insassen hatten sich selber aufgegeben »Soll'n sie sehen, wie sie uns wie's liebe Vieh gehalten haben!« Großvater knurrte: »Das war eine Beleidigung für mich, meine Kühe und Pferde.«

Saratov war erreicht, aber niemand durfte das Abteil verlassen. Munter aussehen, Zeit überbrücken, einen guten Eindruck machen, wer wollte schon schmutzige, quengelnde, kranke oder unartige Kinder? Überhaupt, würde man sie nehmen mit so vielen Kindern? Aber die Russen liebten doch wohl Kinder? Gestorben waren bis jetzt in diesem Krieg jedenfalls genug, ohne Rücksicht auf das Alter. Trotzdem, sie mussten auch ernährt werden. Würde man sie gar trennen, einfach nur die Erwachsenen aus dem Zug holen? Die Kleinen also möglichst ruhig halten, das war sicher gut. Man musste ihnen die Zeit vertreiben. Wer aber war besser geeignet, Zeit zu vertreiben, als Großvater Mathias? Er erzählte lustige Geschichten, sang mit den Kindern alte deutsche Volkslieder. Oma Henriette wollte dagegen lieber beten und erbauliche Lieder singen, doch die frisch gewaschenen, hoffnungsvollen Kinder und auch Emma setzten sich durch und blieben den Volksliedern und Geschichten des Großvaters treu. »Wo die Ostseewellen trecken an den Strand«, das neue Lied von der Ostsee. Wann war das, als sie es lernten, waren es zehn Jahre oder eine Ewigkeit her? Kaum zu Ende gesungen wurde die Waggontür zur Seite geschoben. Am Zug standen die ersten Russen, die deutsche Arbeiter beantragt hatten. Sie kletterten zum Teil in die Wagen, begutachteten die neue »Ware Mensch«. Plötzlich deutsche Töne: »Nu sto, wer hat gesungen?« Die Kinder verkrochen sich ängstlich, Emma und Mathias aber traten vor. »Wir!« »No, wie viel, wie viel Ljudi?« »Ljudi?« »No, Mama, Papa, Kinder, wie viel?« Mathias verstand. Ljudi hieß Leute. »Neun, wir sind neun Leute.« »Paschli, Deti, Kinder, paschli, viel Kinder, Kinder gut. Ah, Babuschka, Mama, du kochen?« »Natürlich kann ich kochen, gut sogar, und backen und Likör machen,

meine Mutter kocht auch gut und mein Vater ist Schmied!«
»Likjör? Likjör machen gut, kochen, backen gut. Alle mitkommen, paschli! Was ist Schmiiied?« »Gut für Pferde, er macht Schuhe für Pferde.« »Ah, gut, gut, starker Mann. Mitkommen, alle mitkommen.« Emma war trotz aller Angst, was kommen würde, trotz aller vorläufig überstandenen Strapazen glücklich in diesem Moment. Sie durften alle zusammenbleiben, durften den Zug verlassen, endlich.

Krieg es das Lied von den Ostseewellen, das sie gerettet hatte? Jedenfalls hatte ihrer aller Gesang sie hier rausgebracht. Hatte geholfen, auf sie aufmerksam zu machen. Musik sprach zu den Menschen, zu Menschen aller Nationen, so auch hier. Erst später sollte Emma lernen, wie sehr Musik in diesem Lande geliebt wurde. Zwei halbwüchsige Mädchen und einen älteren alleinstehenden Mann suchte ihr Dienstherr noch aus anderen Abteilen aus, um sie mit sich zu nehmen. Wer weiter ausgesucht wurde und von wem, ging im allgemeinen Aufbruch unter. Freundschaften waren hier sowieso nicht geschlossen worden. Irgendwelche Formalitäten wurden erledigt, Unterschriften gegeben. Ein Pferdewagen wartete auf sie alle. »Wie zu Hause«, meinte Adolf. Ja, er hatte recht, sie waren zwar hier in einer riesengroßen grauen Stadt gelandet, riesige Türme von Kirchen sah man herausragen, aber der Pferdewagen vor dem Bahnhof erinnerte sie an zu Hause. Emma schüttelte die Erinnerungen ab, nicht denken, nicht vergleichen, nicht nachtrauern. Sie brauchte ihre ganze Kraft zum Überleben, wer wusste schon, wozu das alles gut war. Dem Krieg in Deutschland waren sie, die Kinder und die Eltern, erst einmal entronnen. Vorerst waren sie alle noch am Leben und wohlauf, ja, so war es, nun waren sie erst einmal angekommen. Hatte der neue Herr gesehen, dass Emma in Umständen war? Hätte sie es ihm sagen müssen? Aber er hatte ja gesagt: »Kinder? Viele Kinder, gut!« Natürlich waren Kinder gut, sie würden wachsen und preiswerte Arbeitskräfte werden. Und vielleicht zählten Kinder beim »Einkauf« von Menschen nicht. Vielleicht bekam man die so dazu? Zum ersten Mal seit der langen Fahrt, der langen Zeit im Viehwaggon, konnten sie sich auf dem Pferdewagen frei umsehen. Eigentlich ein schönes Land, dieses Russland, und so merkwürdig bekannt. Es war etwas bergig hier, nicht wie zu Hause. Auf jeden Fall war es wirklich sehr groß, dieses Russland. Emma hatte immer geglaubt, sie selber wohnten schon weit im Osten, aber das hier lag außerhalb ihrer Vorstellungskraft. Sie waren gefahren und gefahren. Wo in diesem Land lag Saratov? Ob sie mal irgendwann eine Landkarte sehen würden?

Es roch ein bisschen nach Wasser, so wie damals auf der Kurischen Nehrung. Ja, es roch nach Wasser, Erde und geräuchertem Fisch, wie in Nidden. Lag denn dieses Saratov am Meer? Sie wusste so wenig von diesem Land, aber das würde sich ja bald ändern. Es passte so gar nicht zu ihrer momentanen Situation, aber hatte sie nicht schon immer so gerne reisen wollen? Emma erschauerte, man musste vorsichtig sein mit seinen Herzenswünschen, manches Mal wurden sie erfüllt, wenn auch ganz anders, als man es sich vorgestellt hatte. Nun waren sie also im tiefsten Russland auf ihrer »Reise« angelangt. Würden sie je wieder zurück in die Heimat kommen? »Wir werden es schaffen!«, sagte plötzlich Mutter Henriette, die auf der ganzen Fahrt wenig gesprochen und dafür viel gebetet hatte. »Ja, wir werden es schaffen«, wiederholte Henriette, als wenn sie Emmas Gedanken erraten hätte. Warum auch nicht, schließlich war Emma ihre Tochter.

Etwas Glück im Unglück

Wie schön, eine Linde! Eine Linde in der ersten Blattzeit. Ja, die große alte Linde, an der Gartenseite des riesigen Hofes gewachsen, war das Erste, was Emma erblickte, als sie sich ihrer neuen Unterkunft näherten. Sie wollte diese Linde als gutes Omen für sich und ihre Kinder ansehen. Der Lindenbaum, Baum der Liebesgöttin Freia, wurde zu Hause in den Orten oft »Tanzlinde« genannt, weil die Dorffeste unter ihren ausladenden Ästen mit dichtem Blätterdach stattfanden. Wie oft hatte Emma an warmen Sommerabenden unter ihrer kühlenden Dorflinde zu Hause gesessen? Jeder, der schon einmal nach so einem heißen Sommertag unter dem grünen Blätterdach einer Linde saß, kannte das Gefühl, das Emma jetzt beschlich. Manche dieser Bäume wurden auch in alten Zeiten »Gerichtslinde« genannt, das hatte ihr Emil einmal erzählt. Die Dorfältesten hielten dort seit jeher über die Übeltäter Gericht, planten die wichtigen Dinge für ihren Ort und manches andere mehr. Eine Linde, Baum heimlicher Treffen und wehmütiger Abschiedszenen sich Liebender. »Es steht eine Linde im tiefen Tal« wurde oft zu Hause gesungen. Ja, es war der Baum alter deutscher Volkslieder, hier gab er Emma ein gewisses Heimatgefühl. Schön, dass er sie zuerst begrüßt hatte. Hier unter dieser »Hauslinde« in Russland lag eine rundum freie Stelle. »Die Linde braucht eine Bank.« Ihr Vater hatte es laut gesagt und er hatte recht, hier gehörte eine Rundumbank her, wie zu Hause im Dorf. »Eine Bank?«, fragte der Hausherr. »Ja, eine Bank zum Sitzen, zum Ausruhen, zum Singen abends, wenn es warm ist.« »Bank gut, du bauen Bank.« »Wenn Sie wollen, gleich morgen«, meinte Mathias.

Es gab mitten im Hof einen Brunnen, das große Herrenhaus lag in Sicht, gegenüber vom Hofeingang. Seitlich davon eine

Scheune und ein großer Pferdestall, gegenüber kleine Stallungen. Ein Bauerngut, wie es sie auch zu Hause gab. Eine Art Verwalter kam, er registrierte alle Namen, teilte auf und schickte die »Neuen« barsch in einige der Stallungen, wo man notdürftig grobe Bänke und Kojen voll Stroh gebaut hatte. Dieser Mann sprach Deutsch, etwas unbeholfen, aber man konnte verstehen, was er wollte. Wieso konnten hier so viele Deutsch sprechen? In dem ihnen zugewiesenen Stallzimmer gab es in der Ecke auf festgestampftem Lehm um einen Hohlraum herum geschichtete Steine, ähnlich einem Herd, auf denen ein Topf stand, Holzbruch lag unzerkleinert in der Ecke. Anscheinend fragte hier niemand nach Feuergefahr. Gut so, man würde sich und den Kindern Wärme geben und etwas Heißes zu trinken oder essen, vielleicht sogar etwas Suppe kochen können. Zwei nebeneinanderliegende Ställe wurden ihnen, da sie so viele Personen waren, zugeteilt. Ein dritter Stall gehörte den anderen Zwangsarbeitern des Gefangenenzugs, Männlein, Weiblein, egal. Eine feste Holztür und ein kleines Stallfenster gehörten zu jedem neuen Domizil. Das war schon viel, man würde die Tür hinter sich zumachen können, ein Luxus nach der Fahrt im Waggon. Ein Eimer mit Wasser vervollständigte in jedem Raum die Ausrüstung für die Neuen.

Emma legte mit Hilfe ihrer Mutter die drei Kleinen ins Stroh zum Schlafen. Würden sie hier im eigenen Bereich doch endlich Ruhe finden? Kaum hatten sie die Kinder »zu Bett« gebracht, erschien der Hausherr erneut, ließ alle seine Arbeiter auf dem Hof zusammenkommen. Da gab es schon an die zwanzig Leute, die für die Arbeiten auf dem Feld, im Haus, auf dem Hof und im Garten verantwortlich waren. Der Verwalter, ein Hausmeister, die Köchin und Küchenmädchen, Zofe, Haushälterin und Stubenmädchen, zwei Kutscher samt Stallburschen, ein Zimmermann für die Holzarbeiten und die Feldarbeiter. So etwas wie eine Vorstellung und Neueinteilung der Arbeit fand statt. Sie hörten zahlreiche Namen, wurden selber benannt und zur Arbeit aufgeteilt. Die beiden fremden Mädchen wurden zum Saubermachen in Haus und Küche beordert, der fremde Mann, den der Herr auch aus dem Zug mitgebracht hatte, hieß Max, er hatte vielerlei in Hof und Küche als seine Arbeitsgebiete bekommen. Heranschaffen von Wasser, Holz und Hilfsarbeiten des Verwalters und Zimmermannes, wenn nötig auch auf dem Feld, gehörten von nun an zu seinen Aufgaben. Vater Mathias beorderte man zu den Tieren, besonders zu den Pferden, was ihn sehr freute. Emma wurde der Köchin als Herdhilfe unterstellt, war damit also schon etwas Besseres als die russischen Küchenmägde. Gertrud war als Kindermädchen und Deutschlehrerin für den kleinen, verwöhnten, ewig quengelnden fünfjährigen Sohn der Herrschaften bestimmt. Sie würde der Erzieherin des Sohnes und der Gesellschafterin der Hausfrau gehorchen müssen. Adam und Meta waren als Botenjungen für alle Erwachsenen im Haus eingeteilt, zudem fürs Jäten im Garten und sonstige Kinderarbeiten. Emmas Mutter Henriette hörte dann, dass sie für den Gemüsegarten eingeteilt war, und außerdem sollte sie die Aufpasserin für die mitgebrachten kleinen Kinder der Angestellten des Gutes sein. Bei Festen oder wenn Gäste im Haus waren, sollte auch sie in der Küche der Köchin helfen. Das war nur eine grobe Einteilung, denn eigentlich musste jede zugewiesene Arbeit verrichtet werden. Alle Anweisungen würde es ansonsten vom Verwalter und der Köchin geben, wenn nicht vom Hausherrn selber. Die Hausfrau war in Ruhe zu lassen.

Emma atmete auf, sie hätten es alle viel, viel schlechter treffen können, es würde für alle nicht leicht sein, aber es würde gehen. Sie waren alle die Arbeit im Garten, in Stall und Haushalt gewohnt. Allerdings hatten sie bislang immer freiwillig und für sich selbst gearbeitet, da fiel alles Tun leichter. Dann sprach der Hausherr speziell die neuen Deutschen auf dem Hof an, erzählte, dass Saratov die viertgrößte Stadt Russlands sei und direkt an einer der breitesten Stellen des rechten Wolgaufers liege, zurzeit etwa 150.000 Einwohner zähle, darunter auch viele Deutsche, was man schon an ihrer Hauptstraße sehe, die Niemetzkaja, also Deutsche Straße, hieße. Katharina die Große habe vor 150 Jahren circa 40.000 Deutsche hier an der Wolga angesiedelt, die mit ihrer Arbeit dem Lande Gutes getan hätten, was er sich auch von seinen Deutschen erhoffe.

Emma war froh, dass sie alle relativ klare Anweisungen erhalten hatten, die zu bewältigen sein würden. Und sie war auch froh, dass man hier Deutsch verstehen und zum Teil sogar sprechen konnte, das erleichterte einiges. Ein bisschen kamen sich alle wie Schüler vor, obwohl es gut war, etwas über die neue »Heimat« zu erfahren.

Nun wurden erst einmal alle Neuen in die Gesinde-Banja auf dem Hof, die große Badestube mit Bottichen, Weidenruten und Seife, geschickt, um zu schwitzen und sich dabei zu säubern, denn nur saubere Leute schleppten keine Krankheiten ein. Der Hausherr hatte bei der Einteilung zu Emma gesagt: »Du sauber, du Bauersfrau, du gut für Kuchnia«, also für die Küche. Wer aß auch schon gern, was schmutzige Leute kochten? Emmas Taktik, einen sauberen Eindruck auf die neuen Herrschaften zu machen, war also aufgegangen. Wer wusste denn auch, wo der Zug die anderen Mitreisenden nun hinbringen würde? In der großen Gesindeküche gab es zu essen, Emma würde wohl ihr Leben lang nicht mehr vergessen, wie gut ihr diese rote Borschtsch-Kohlsuppe und das frische Brot geschmeckt hatten. Den Kleinen durfte sie etwas zum Essen mit hinübernehmen, endlich ein bisschen Fürsorge, ein bisschen Normalität für alle. Ja, sie hatten es gut getroffen, ein kleines bisschen Glück in ihrem Unglück gehabt.

Normalität?

Einige Wochen später hatten alle ihre Gleichmütigkeit durch die von zu Hause bekannten Arbeiten wiedergefunden. Doch es gab auch Unterschiede zur Arbeit zu Hause. Alles gehörte hier Fremden, ihre Kraft, ihre Zeit, ihr Erarbeitetes. Pausen gab es so gut wie nie. Von früh bis abends gab es für alle auf dem großen Gut zu tun. Das Essen war fremd und sehr einfach, für die Gutsarbeiter gab es oft das Gleiche, aber es war frisch gekocht und in jedem Fall nahrhaft. Die Redensart zu Hause »Wat de Buur nich kennt, det fret he nich« galt hier nicht. Alles, was essbar war, wurde auch gegessen. Emma in der Küche durfte sich schon mal Reste vom Herrschaftsessen nehmen, zumindest, was ungegessen auf den zurückkommenden Tellern lag. Und sonst? Die Kinder gingen nicht zur Schule, waren trotzdem den ganzen Tag mit Aufträgen, Dienstleistungen, Arbeiten in Haus, Hof und Garten beschäftigt. Sie hatten keine Zeit zum Streicheaushecken oder Kabbeln. Gertrud hatte es noch am besten getroffen. Sie war fast den ganzen Tag mit Igor, dem jüngsten Sohn des Hauses, und seiner Erzieherin zusammen. Sie bekam als Erste von der Familie neue Kleidung und verstand es bald, wenn auch vorerst nur mit Händen und Füßen, den Junior zu unterhalten oder zu bedienen. Sie kannte das ja gut von zu Hause, wo sie auch für ihre kleinen Geschwister die Erzieherin gespielt hatte. Manchmal, wenn Igor quengelte, musste Gertrud sogar des Nachts im Haus bei ihm schlafen. Vieles, was sie an Spielen und Beschäftigungen von zu Haus kannte, versuchte sie nun auf Russisch. Was wichtig war, Igor sollte ja Deutsch von ihr lernen, so war alles leichter, und Igor schloss sich bald fest an Gertrud an, liebte sie. Trotzdem setzte es bei ihr Prügel, wenn sie etwas falsch machte oder vergaß. Mit »Mutzköpfen« für die fremden Arbeiterkinder war man hier überhaupt schnell bei der Hand. Aber die russische Erzieherin war ihr im Grunde genommen dankbar. Igor war mit Gertrud zusammen leichter zu lenken, machte oft einfach nach, was sie vorgab. Kinder nehmen wohl von Kindern eher Anleitung, Rüge oder Vernunft an. Da Igor sie mochte, wollte er auch nicht, dass sie bestraft würde, also gehorchte er. Als Belohnung sang Gertrud ihm deutsche Lieder vor.

Die anderen in Emmas Familie waren immer am Arbeiten, oft waren es schwere körperliche Arbeiten. Des Abends gab es nur noch eines: müde ins Stroh fallen und schlafen. Ob die Babys nachts weinten oder nicht, nahm Emma manches Mal kaum wahr. Die Schwangerschaft machte ihr mehr als sonst zu schaffen. Mathias und Henriette nahmen ihr darum nach kurzer Zeit die beiden Kleinsten fast vollständig ab. Emil und Bruno waren leicht zu betreuen, machten wenig Umstände. Liebe kleine Jungen waren es. Ob auch so kleine Kinder schon spürten, dass im Moment Stillhalten wichtig war? Die beiden Kleinen jedenfalls beobachteten mit großen Augen, was um sie herum geschah, fielen keinem Menschen zur Last, als wenn sie wüssten, wie wichtig das war. Sie würden wachsen und auch schon bald in die Pflicht genommen werden, Emil schaukelte jetzt schon manches Mal sein jüngstes Brüderchen auf dem Schoß oder stopfte ihm Essen in den Mund, dabei war er selber noch so klein, dass er es kaum halten konnte.

Die Linde hatte, wie der Hausherr befohlen, eine Rundumbank bekommen. Mathias und der Haustischler hatten sich selbst übertroffen und von dem reichlichen Material auch noch zwei einfache Tische dazugebaut. Mathias, die Gunst der Stunde nutzend, überarbeitete die Bettgestelle in ihren Stallwohnungen sowie die einfachen Möbel, hatte diese sogar gestrichen, sodass die Kinder sich nicht permanent Splitter einzogen. Für jede Kammer gab es nun eine »Wasserbank« mit

Schüssel. Diese hatte er ebenfalls selbst gebaut, mit Holz, das er dem Hausmeister abgeschwatzt hatte. So konnten die Kinder auch zwischendurch einmal mit warmem Wasser gewaschen werden. An der Wand prangten in jedem Raum Regale für die paar Utensilien, die sie noch von zu Hause dabeihatten, Kleiderhaken vervollständigten die notdürftige Einrichtung. Auch der Hausmeister war Mathias bald sehr gewogen, und so konnte er für sich und seine Familie beim Hausherrn so dies und das an Verbesserungen lockermachen. Denn Mathias hatte nicht nur Ahnung von Pferden, er war es ja als Schmied in der Heimat gewohnt, auch den Tierarzt zu vertreten. Kühe, Schweine und besonders Pferde verstand er zu verarzten. Er konnte auch wichtige Tipps geben, wenn es galt, Koliken zu vermeiden, bei den Tiergeburten Vorbereitungen zu treffen, ja er half sogar oft den Arbeitern des Hofes, riet ihnen zu Mitteln gegen verschiedene Krankheiten oder wenn sie sich verletzt hatten. Mathias war bald eine wichtige Hilfe auf dem Hof und in den Ställen. Auch ein rundes Kräuterhochbeet, wie es eines zu Hause gegeben hatte, legte er jetzt im Frühjahr für die Köchin und für die Krankenbehandlung an. Bis jetzt hatten die Kräuter und Stauden verstreut im großen Garten gestanden. Nun waren sie nahe der Küche. Schnittlauch, Petersilie, Liebstöckel, Bärlauch und Sauerampfer wuchsen schon tüchtig. Majoran, Bohnenkraut, Thymian und Pimpernelle schauten schon aus der Erde. Oben in der Mitte wuchs nun ein großer Busch Rhabarber. Mathias hatte ihn wie zu Hause unter einem umgestülpten Eimer ohne Boden gepflanzt. An ihm wollte Mathias zeigen, dass die Stiele dicker, heller und früher wuchsen, wenn sie im Dunkeln, im Schutze der Eimerwand, hochkamen. Die Stiele waren auch schmackhafter, anders als beim wild im Garten wuchernden Rhabarber. Melisse, Ringelblumen, Huflattich, Pfefferminze und Salbei wollten wuchern, hatten um das Hochbeet herum ihren Platz gefunden, waren wichtig bei so manchen Krankheiten von Tier und Mensch. Nadja, die Köchin, war begeistert. Zur Belohnung gab es zum Abendessen für die ganze Familie Gehlhaar, heimlich in ihre Kammer gestellt, ein Blech mit wunderbar warmen Piroggen, die mit Fleisch gefüllt waren und für die Kinder mit süßem Quark. Ein Festessen für alle Gehlhaars, auch Max und die beiden jungen deutschen Mädchen, die sich ihnen sofort angeschlossen hatten, seit sie auf dem Hof waren, bekamen ihren Teil.

Ja, dieses Gut, es war immer etwas los auf diesem Hof. Die Herrschaften betrieben die Landwirtschaft eigentlich nur nebenbei, da die Herrin das Gut mit in die Ehe gebracht hatte. Warum sollte man es nicht nutzen? Die Bewirtschaftung oblag dem Verwalter.

Ins Haus kamen oft Studenten, zuerst hatte Emma geglaubt, es seien Freunde des ältesten Sohnes, der in der Stadt studierte, bald aber hatten sie erfahren, dass der Hausherr, der ja eigentlich Professor an der hiesigen Universität war, die jungen Leute zu Besprechungen und dergleichen gern zu sich nach Hause einlud. So musste er nicht so häufig in die Stadt fahren. Die Jungen kamen gern auf den Hof, fiel doch meist für sie ein kostenloser Imbiss ab, und manchmal gab es sogar eine kleine improvisierte Feier. Die Studenten nutzten bald vorwiegend die Bank unter der Linde. Sie lachten, schwatzten, balgten sich oder saßen versunken in ihre Bücher dort, bis der Professor Zeit für sie hatte. Es war ein munteres Völkchen, oft weit von ihrem eigenen Zuhause angereist und daher dankbar für jede Geselligkeit und Hilfeleistung. Emma musste ihnen immer im Auftrag der Köchin Nadja etwas zum Trinken oder Schnabulieren hinaustragen. Die Gastfreundschaft wurde also auch hier, wie zu Hause in Ostpreußen, großgeschrieben. Die Studenten liebten es, dass es jetzt eine »Babuschka« auf dem Hof gab. Sie fanden Oma Henriette toll. Für die Studenten war

Henriette eine gute Möglichkeit, ihr Deutsch aufzubessern, sich deutsche Lieder, die sie irgendwo gehört hatten, vorsingen zu lassen und so neu zu entdecken. Manches Mal machten sie auch einfach ein Späßchen mit der neuen »Babuschka« aus Deutschland. Henriette, die ja selber fünf Söhne hatte, nahm es nicht übel, tat ihnen gern so manchen Gefallen, da es friedliche Burschen waren.

Oma Henriette und Adolf verdienten auch durch sie, die jungen Studenten, ihr erstes Geld. Knöpfe annähen, Löcher stopfen, Botengänge machen, alles oft benötigte Leistungen, welche die jungen Männer mit einem kleinen Trinkgeld belohnten. »Davon wird nichts ausgegeben, alles wird weggelegt, damit fahren wir mal nach Hause!« Henriette wusste immer noch die Familie zusammenzuhalten, alle zu motivieren. »Irgendwann dürfen wir sicher nach Hause, und wenn wir dann kein Geld haben, geht es vielleicht nicht«, bläute sie allen immer wieder ein. Sie grub im weichen Lehmboden ihrer Kammer ein Töpfchen ein, der Beginn einer »Reisekasse«, die über Jahre hinaus den moralischen Halt der Familie und den Willen, auf jeden Fall wieder nach Deutschland zu kommen, stärkte.

Klein Herbert

Im Mai hatte Emma eine Sturzgeburt. Mitten in der Küche, beim Heben eines Topfes, plätscherte das Fruchtwasser auf ihre Füße und ein unendlicher Druck schien sie plötzlich zu zersprengen. Sie hatte Mühe, den Topf noch rechtzeitig auf den Herd zurückzustellen. Ohne die Geistesgegenwart der russischen Köchin wäre das Neugeborene auf die Fliesen gefallen. Diese hielt praktisch das Baby halb drin, halb draußen zwischen Emmas Beinen fest und leitete Emma zum Tisch, half ihr sich hinzulegen und entband mit dem Zwirn für Braten und Rouladen und mit Hilfe einer sterilen, das heißt flink ins kochende Wasser gehaltenen Schere geistesgegenwärtig den kleinen Jungen von seiner Mutter. Wieder einmal Glück gehabt. Ein paar Tage Ruhe für Emma, dann gab es eine einfache Taufe des neuen Erdenbürgers. Mit einem Pfarrer, der sogar sehr gut Deutsch sprach, führte Emma aufschlussreiche Gespräche. Auch er erzählte, dass seit über 150 Jahren viele Deutsche hier an der Wolga lebten. Sie hatten von Katharina der Großen Glaubensfreiheit erhalten, so gab es also auch in Saratov eine deutsch-evangelische Christengemeinde sogar mit etlichen eigenen Kirchen. Eine große katholische Gemeinde mit vielen Kirchen und Kathedralen war ebenfalls vorhanden. Die Türme ragten rund oder spitz weit sichtbar in den Himmel. In einer von ihnen sollte sich eine wunderschöne Holzskulptur befinden, die alle Menschen zur Liebe und Reue aufrufen würde, vielleicht verstanden sich deshalb katholische und protestantische Christen gut in Saratov. Der Pfarrer war es auch, der ihnen erzählte, dass man immer noch zu großen Teilen Deutsch in Saratov sprach. Eine ganze Hauptstraße deutscher Geschäfte gab es, wie schon der Hausherr berichtet hatte, hier in der Stadt. Man hielt viel vom Fleiß der Deutschen in Saratov, daher nahm man auch die Gefangenen gern auf, auch weil man sich ihnen immer noch verbunden fühlte. Durch diesen Pfarrer erhielt Emma auch Adressen anderer Deutscher vom Treck hier in Saratov. Was besonders Henriette am Herzen lag, sie hatten endlich wieder eine Gruppe Gleichgesinnter, sie waren endlich wieder zu Hause in einer christlichen Gemeinschaft, wenn oft auch nur schriftlich. Zeit zum Kirchgang würde es kaum geben. Emma hätte gern ihre Helferin in der Not, Nadja, die Köchin, als Patin für ihr Kind gehabt, aber die war russisch-orthodox. Nadja fühlte sich aber trotzdem zu »ihrem« malenki Nemetz hingezogen, hieß ihn Emma oft mit in die Küche bringen und hatte ihm einen wunderbar weichen Wäschekorb zum Schlafen hergerichtet. So kam es, dass die beiden Frauen über die Zuneigung zum Baby, schneller als es sonst wohl geschehen wäre, bekannt und vertraut wurden. Nadja war unendlich stolz auf ihr deutsches Baby, das von ihr gerettete Kind, hatte sie doch keine eigenen. Umso erstaunlicher war es, dass sie so tatkräftig bei der Geburt hatte helfen können. Wieder hatte Emma keine Milch für ihr Kind. Ohne groß zu fragen, schaffte Nadja eine Ziege an. Dieser kleine deutsche Herbert war »ihr« Kind und er sollte es gut haben.

Auf Reisen!

Baby hin, Baby her, es waren genug Frauen da, sich darum zu kümmern. Was für die einfachen Hausarbeiter, das dienende Volk, gut war, spielte kaum eine Rolle. Alles zum Wohlergehen der Gutsfamilie hatte Vorrang. Emma und Gertrud sollten in die Sommerfrische mitfahren. Die Herrschaften hatten, wie jedes Jahr, am Schwarzen Meer von Freunden eine Villa in Sotschi für den Sommer überlassen bekommen. Die gesamte Familie würde verreisen. Man benötigte Versorgung. Es war in dieser Zeit üblich, mit dem eigenen Personal und Hausstand zu reisen. Hausmeister und Köchin, Dienstmädchen und Erzieher, Töpfe, Geschirr, Lebensmittel und Zimmerschmuck, ja sogar kleinere Möbel mussten mit und wurden verpackt. Eingewecktes, Getrocknetes, Gewürze und Tees aller Art kamen ins Gepäck. Das war ein riesiger Tross, der da auf den Weg gebracht werden musste. Jeder Angestellte war für die Dinge seines Bereiches selber zuständig. Und wehe, die Herrschaften benötigten in der Fremde etwas, was vergessen worden war!

Nadja wollte in diesem Jahr unbedingt Emma dabeihaben. Gab es doch durch Emma für Nadja echte Erleichterung, da Emma so manch deutsches Gericht zur Zufriedenheit der Herrschaften bereitet hatte, fleißig, sauber und umsichtig in der Küche ihre Arbeit machte und schnell einen Teil der Lieblingsgerichte der Familie erlernt hatte. Auch konnte sie Emma wohl schon mal allein bei der Arbeit lassen und trotzdem lief alles glatt. Die Herrschaft war einverstanden. Ihnen war egal, wer mit in den Urlaub kam, Hauptsache, sie wurden nicht behelligt. Igor, der verwöhnte Jüngste, jedoch wollte unbedingt seine Gertrud behalten, und natürlich bekam er seinen Willen, Gertrud musste ebenfalls mitfahren. So gingen Emma und Gertrud sowie Traudel, eine ihrer Mitgefangenen, als einzige von den Deutschen mit auf Reisen. Nicht zur Erholung, das verstand sich, sondern um auch dort die »Familie« zu bedienen. Weit sollte die Reise gehen, wochenlang würde man unterwegs sein, alles in allem monatelang von Saratov weg sein, den ganzen Sommer über. Das meiste Personal verließ bereits mehr als eine Woche vorher mit dem Großteil des Gepäckes das Gut. Sie mussten das fremde Haus für die Zeit der Sommerfrische herrichten. Wenn die Gutsleute eintrafen, wollten sie alles zu ihrer Zufriedenheit vorfinden. Der Hausmeister, ein Diener sowie einige Arbeiter und Bewacher waren nötig für die lange Reise, diese würden nach der guten Ankunft sofort wieder zurückfahren müssen. So mussten sich auch Nadja und Emma für die Einrichtung der Küche mit den anderen auf den Weg machen und Traudel als Hausmädchen ebenfalls. Insgesamt acht Personen gingen also als dienstbare Geister vorher auf die Reise. Bis die Herrschaften eintrafen, sollten sie alles für diese dort vorbereitet haben. Wieder einmal völliges Neuland für Emma, sie machte sich Sorgen um ihre zurückbleibende Familie. Ihre Mutter aber war es, die sie tröstete und meinte: »Was soll schon sein, wir kümmern uns um die Kinder, wie immer. Adolf, Meta und Frieda helfen uns dabei, es wird alles gut gehen, mach dir keine Sorgen. Wir können es sowieso nicht ändern, wir müssen noch froh sein, dass es hier so ist, wie es ist. Ohne die Herrschaften wird es viel weniger Arbeit hier geben, wir werden Zeit für die Kinder haben und Hilla (das zweite deutschen Mädchen) bleibt ja auch hier. Versuche einfach, deine Zeit dort ein bisschen zu genießen, du wolltest doch immer so gern die Welt sehen, so gerne reisen, nun kannst du es.« Emma schüttelte den Kopf: »So doch nicht, nicht allein, ohne euch. Und dann so weit und so lange von euch allen weg.« Herbert würde seine Mutter gar nicht mehr erkennen, wenn sie im Herbst wieder zurückkämen. Aber es gab Krieg in Europa, niemand wusste, wann eine so große Reise oder überhaupt eine Urlaubsfahrt wieder möglich sein würde. Die »Familie« hatte beschlossen zu reisen, und wer gebraucht wurde von den Bediensteten, musste mit, nach eigenen Wünschen ging es dabei nicht.

Im Urlaub

Die Villa in Sotschi war herrlich, sie lag direkt an der Strandpromenade. Im Hintergrund, gar nicht weit weg, die riesigen Berge des Kaukasus – eine schier unwirkliche Kulisse. Jetzt konnte Emma verstehen, warum die Herrschaften unbedingt in die Sommerfrische wollten. Die Stadt war herrlich, Häuser, Klöster, Parks, Treppen, alles war wundervoll gearbeitet und die Luft wie Seide, so weich und voller Blütenduft. Alle Pflanzen erschienen Emma kräftiger, heller leuchtend, bunter und duftender als in Saratov oder gar zu Hause. In Ostpreußen war ihre Heimat, ihre Sehnsucht, ihre Liebe, hier aber war es einfach viel schöner. Überhaupt gab es Blumen und Blüten, die Emma noch nie gesehen hatte. Es war ein bisschen so, wie sie es sich in den Tropen vorstellte. Zu Haus lag über allen Pflanzen, allen Farben ein Grauschleier, hier war dieser von allen Dingen abgezogen, alles leuchtete. »Riviera des Ostens« nannten die Hausangestellten, die Herrschaften und die vielen Urlauber diese Gegend. Die Einheimischen, speziell die Frauen, stachen besonders hervor, ihre Kopftücher, ihre Kleidung waren bunt, schillernd, meist in kräftig leuchtenden Farben, wie das Vorbild der Pflanzen ihrer Heimat es ihnen zeigte. Alles wirkte munter und farbenfroh hier am Fuße des Kaukasus. Trotz mancherlei Arbeit konnte Emma zum ersten Mal seit langer, langer Zeit wieder träumen. Ja, Sotschi war eine wunderschöne Stadt, mit all den Prunkvillen an der Promenade.

Gern ging Emma zusammen mit Nadja auf den großen Naturalienmarkt. So eine Vielfalt an Früchten, Lebensmitteln, lebenden und toten Tieren hatte Emma niemals vermutet, geschweige denn gesehen. Alles war so einfach, so unkompliziert. Wollte man Gurken, langte man einfach selbst in eines der Fässer. Nadja verhandelte um die Preise, was das Zeug hielt, alle machten es so, oft auch recht lautstark, wild und ungezügelt. Daher herrschte ein ständiges Stimmengewirr über dem Markt. Die Sonne flirrte unbarmherzig, verdarb, was nicht rechtzeitig verkauft werden konnte. Ein Geruchsgemisch waberte über dem Markt, nahm einem hier und da den Atem. Alte Weiber und Kinder saßen an den Ecken und warteten auf Reste, die man wegwarf und von denen sie sich noch Essbares nehmen durften. Die einfachen Menschen hier waren, so schien es jedenfalls, ebenso arm wie die Armen daheim, aber die wunderschöne Umgebung zog ein buntes, warmes, duftendes Tuch darüber, so fror man nicht an dieser Armut, sie tat nicht so weh wie anderswo und die Menschen nahmen sie mit einer stoischen Ruhe in Kauf, wie es schien, ihrem Schicksal ergeben.

Auch Emmas Tätigkeiten und die Arbeit der anderen Bediensteten waren hier im Süden leichter als zu Hause in Saratov. Ab und zu konnte Emma schon mal frei machen, Urlaubsgedanken haben, fiel doch im Vergleich zum Gutshof, wo doppelt so viele Menschen zu versorgen waren, einiges an Arbeit in der Küche weg. Auch das Essen selber wurde hier sommerlich-verträglich verlangt und machte weniger Arbeit als sonst. Es wurden weder ständig Tees und Häppchen für zwischendurch verlangt noch traf unerwarteter Besuch ein. Frische Getränke und Obst handhabten sich leichter, wurden bei der Wärme lieber verzehrt.

Die Reise in dieses schöne Land Abchasien/Georgien war schön, aber auch zeitaufwendig und anstrengend gewesen. Von Räubern hatten sie gehört, zum Glück aber keine getroffen. Sicher bedeutete es auch einen Schutz, in so einer großen Gruppe, vereint mit anderen Schiffsreisenden unterwegs zu sein. Sie waren die Wolga entlang bis hinter Wolgograd auf der neuen Schifffahrtsroute gereist. Anschließend war alles auf

Pferde und Eselkarren umgeladen worden und sie waren dann auf ausgetretenen Wegen tagelang in Staub und Sonne wieder bis ans Wasser gefahren. Vielleicht war es ein See oder Delta? Emma wusste es nicht. Es hieß, ein Kanal sei hier geplant, der Wolga und Don verbindet, das wäre ein Segen für alle Reisenden. Per Wasser reiste es sich sehr viel schneller. Später fuhren sie den Don entlang bis zum Asowschen Meer, durch dieses relativ schnell hindurch bis zum Schwarzen Meer auf einem kleineren Schiff. Anschließend wurde zum letzten Mal alles umgeladen auf einen großen Dampfer, wo sie nicht auf das Hauptdeck durften, welches den Erste-Klasse-Reisenden vorbehalten war. Sie fuhren eine wunderschöne Küste entlang, an mehreren Städten vorbei bis Sotschi. Unterwegs erzählten ihnen Reisende vom Nordufer des Schwarzen Meeres, von dem geheimnisvollen Leben der Tiere in den Deltagebieten der großen, ins Schwarze Meer mündenden Flüsse, darunter der Dnepr, dessen Süßwasser Lebensraum für zahlreiche Tierarten bot. Schildkröten und Fische, hauptsächlich Störe, tummelten sich am und im Wasser. Schlangen, Pelikane, Murmeltiere und Wildschweine gab es in Mengen. Felder von Teichrosen auf dem Wasser, eine geheimnisvolle Landschaft sollte es sein. Sicherlich kein Land für Urlauber, sondern mehr ein Gebiet für Forscher aller Art. Ihr Schiff aber bevorzugte die bergige Seite des Schwarzen Meeres, welche stärker von Menschen bewohnt war und als Urlaubsgegend weltweit beliebt. Das bergige Ufer hatte vielerlei Reize, die verwöhnte Großstädter sehr schätzten. Schön war es, an der abwechslungsreichen Küste entlangzufahren.

Schön war es auch, endlich in Sotschi anzukommen. Dort gab es wieder jede Menge Arbeit. Das Ausladen und Einräumen musste recht schnell gehen, da die Herrschaften bald anreisten. Durch die Größe der Reisegruppe und das ganze Gepäck hatten die Bediensteten für ihre beschwerliche, wenn auch günstigere Reise länger gebraucht, als sie gedacht hatten. Wohingegen die »Familie« den Abschnitt der Reisestrecke über Land mit guten Kutschen schneller bewältigen konnte.

Nun waren alle in Sotschi, und wie der Hausherr vorausgesehen hatte, war hier, bis jetzt, für die Urlauber vom Krieg nichts zu merken. Die Schönen und Reichen flanierten auf den Strandpromenaden, als gäbe es nirgends Probleme auf der Welt. Sie saßen beim Tee zusammen, feierten abends ihre Feste. Das Land hier und seine Küste wirkten wie ein Gesundbrunnen auf Emma. Dafür lohnte sich jede Strapaze. Es war wärmer, als sie es je erlebt hatte, aber es gab auch frischen Wind vom Wasser und oft kräftige kurze Schauer, welche die Luft feucht machten, der Wind vom Meer sorgte für leichtes Atmen. Man war kaum noch in Europa, die türkische Grenze war nicht weit. Dann reihten sich Tage und Wochen im Gleichmaß aneinander. Die Herrschaft wurde gut versorgt, und zum Dank gab es hin und wieder einen Ausflug für alle, aber auch weil man die Dienstboten unterwegs nicht missen wollte.

Eine der Attraktionen des Urlaubes war die Mehrtagesfahrt hoch in die Berge zum Ritza-See. Kurven über Kurven, übel konnte einem werden. Die Landschaft, das ständig wechselnde Panorama, bewundernswert. Am Schwarzen Fluss, der voller Fische, besonders Forellen war, und am Bsyb-Fluss (von den Einheimischen klang das wie A bsyb i)vorbei mit seinem reißenden kalten Bergwasser, in dem man nur zweimal im Leben baden kann, zum ersten und letzten Mal. Wer würde das schon wollen? Also ließ man das Baden sein. Sie erreichten den Blauen See, wer aus ihm trinkt, wird so alt, wie er Tropfen zu sich nimmt. Auch Emma trank natürlich wie alle anderen der Reisegesellschaft kräftig vom versprochenen Lebenswasser. Den gewaltigsten Eindruck unterwegs aber machte die Gemschara-Schlucht mit ihren eng stehenden Felswänden. Und dann der Ritza-See. Groß und romantisch und so hoch oben in den kaukasischen Bergen. Es gab eine Sage von der schönen Riza, die einstmals diesen Bergsee durch ihre Tränen entstehen ließ und dann dort in ihren eigenen Tränen ertrank. In Wahrheit war der See durch einen Erdrutsch entstanden, er liegt 950 Meter über dem Meeresspiegel und ist 116 Meter tief sowie dreieinhalb Kilometer lang. So erzählte es der Hausherr seiner Familie. Ob Emma alles richtig verstanden hatte, war ungewiss, spielte auch in ihren Augen keine so große Rolle. Es war jedenfalls eine wunderschöne Landschaft, dieser Ritza-See und die Berge darum.

Für zwei Nächte richtete man für die Herrschaften eine Holzhütte am Ufer ein, die Angestellten kampierten unter einem Schleppdach im Freien. Für Emma, die auf dem Lande groß geworden war, war das nichts Neues. Hier aber waren die Nächte trotz Wärme am Tag recht kalt, man rückte zusammen.

Am nächsten Tag gab es einen weiteren Höhepunkt. »Die Familie« fuhr in einem Boot mit Führer auf dem Ritza-See. Emma und die übrigen Angestellten bauten eine lange Tafel am Ufer des Sees auf und deckten sie mit Obst, Gemüse und Gebratenem, das sie noch aus Sotschi mitgebracht hatten, ergänzt durch köstlich zubereiteten frisch gefangenen Fisch von einem hiesigen Fischer. Der Hausherr und sein ältester Sohn waren schon früh morgens mit einem Führer in die Berge, wo es Gämsen gab und zahlreiche andere Tierarten. Eine Igelart mit langen Ohren sollte es dort geben, Ziegen- und Schafbockarten, sogar Bären. Sicher gab es dort in den Wäldern auch noch manch anderes Wild zu erlegen oder zu bestaunen und bestimmt auch Abenteuer und Durchhalteproben zu erleben.

Am See hatte sich eine Hochzeitsgesellschaft aus der Region breitgemacht. Für alle war es interessant zu schauen, was da alles an Lebensmitteln auf die Tafel gestellt wurde. Nebenan grillte man ein ganzes großes Ferkel, Schaschlik vom Schaf steckte an langen Säbelspießen. Massenhaft frisches Obst und Gemüse wurde gebracht, Schnaps und Wein flossen in Strömen. Draußen wurde gefeiert, gesungen und getanzt. Es war etwas ganz Neues, auf Gras zu tanzen. Alle, die nicht bei der Bootstour dabei waren, wurden dazu geladen. Ein Ablehnen gab es nicht, da es den Brautleuten Glück brachte, wenn Fremde an ihrem Hochzeitsmahl teilnahmen.

Nach diesen interessanten Tagen ging es zurück nach Sotschi. Auf der Rückfahrt dorthin zeigte ihnen der Führer eine Höhle mitten im Berg, die man von außen gar nicht sah, da nur ein schmaler Spalt im Felsen hineinführte. Diese Höhle wurde von einem Bach durchflossen. Alle, auch Emma, mussten sich das ansehen. Es war schon sehr interessant, wie es im Inneren eines Berges aussah, fand Emma. Da gab es mehrere Räume, Sitzgelegenheiten aus Stein und helles Tageslicht von oben.

Ende August reisten die Herrschaften von Sotschi aus wieder ab, auch Gertrud, Emma und Nadja mussten zur gleichen Zeit mitfahren. Die anderen Hausangestellten hatten noch Klarschiff in der Villa zu machen, um dann mit dem gesamten Gepäck ebenfalls gen Saratov zurückzureisen. Emma war recht erholt und auch Gertrud hatte fast schon so dicke Bäckchen wie zu Hause bekommen. Sie hatten vergessen, dass sie Zwangsarbeiter hier in Russland waren, es war schön und aufregend gewesen, und Emma würde ihren Eltern von diesem wunderbaren Sotschi erzählen können. Wenn sie alle hoffentlich wohlbehalten wieder zurückkommen würden. Das ganze Leben war hier unkompliziert und einfach gewesen, aber nun, wo es zurückging, kamen auch die verdrängten Gedanken an ihre Kinder und Eltern, die in Saratov sicher schon sehnsüchtig auf sie warteten. Was trieben wohl ihre Großen? Sicher waren sie gewachsen, hatten ihr neues Zuhause weiter erkundet. Hoffentlich hatten sie auch etwas vom Sommer gehabt und mussten nicht gar so viel arbeiten wie sonst. War es ihnen gut gegangen? Wie groß mochten die Kleinen inzwischen geworden sein? Würde Klein Herbert die Trennung gut überstanden haben? Kannte er sie überhaupt noch? Schade, dass es nicht für sie alle eine solch warme, schöne Zeit hatte geben können. Die Rückreise verlief, da sie mit den Herrschaften reisten, ohne Strapazen und Komplikationen, obwohl überall mehr als noch vor gut zwei Monaten vom Krieg geredet wurde. Die ersten toten Soldaten von der Wolga waren zu beklagen, und Emma zeigte auf den Schiffen möglichst nicht, dass sie eine Deutsche war.

Und in jeder Träne sitzt der Schmerz

Sie konnte nur vor sich hin starren, schluchzte ab und zu auf, kapselte sich von allem und jedem ab. Emma konnte es kaum ertragen. Warum lebte sie überhaupt noch? Sie hätte sich um Herbertchen, um Bruno und Emil keine Wiedererkennungssorgen machen brauchen. Nie mehr würden sie ihre Mama umhalsen, niemals mehr ihre kleinen Dummheiten machen, nie würde Emma erleben, wie sie zu Männern heranwuchsen. Emil, ihr kleiner Liebling, nach seinem Vater benannt, der sie jeden Tag an ihren fernen Liebsten erinnert hatte. Emil gab es nicht mehr, er war gestorben ohne den Trost seiner Mama. Bruno auch, Bruno war ein so pflegeleichtes, ruhiges Kind gewesen, auch ihn würde sie unendlich vermissen. Was hatte er verschuldet, dass er so früh sterben musste? Herbert, ihr kleines Baby, das sie nur wenige Wochen im Arm hatte halten dürfen, auch er war gegangen. Warum hatte er die Mühen des Krieges, der Flucht, der Gefangennahme und Verschleppung überstanden? Warum seine für ihn fast tödliche Geburt überleben dürfen, wenn er jetzt doch sterben musste? Und auch ihre Mutter war von ihnen gegangen, gestorben, ohne eine letzte Umarmung, ohne ein letztes gutes Wort hier in der Fremde, was musste sie gelitten haben, ihre Enkel sterben zu sehen, nichts tun zu können und dann zu spüren, dass sie selber krank wurde? Warum hatte sie, Emma, nicht, als es noch Zeit war, ihrer Mutter öfter für ihre Treue und Fürsorge im Leben und besonders im letzten Jahr gedankt? Emma war verzweifelt. Was war geschehen?

Frohgemut waren sie Saratov näher gekommen. Wie ein kleines übermütiges Mädchen hatte sich Emma auf die Gesichter ihrer Familie gefreut, wenn sie erzählen würde und die kleinen Geschenke für all ihre Lieben auspacken konnte. Wie würde sie diese fest umarmen, sich freuen, gesund und froh wieder bei ihnen zu sein. Würden die beiden Kleinen sie überhaupt wiedererkennen? Nach langem Hin und Her hatte das Schiff angelegt, und während Nadja schon am Ausgang stand, war Emma noch hin und her gelaufen, um letztes Gepäck nach oben zu stellen. Als die Passagiere das große Schiff verließen, war Nadja plötzlich tränenüberströmt zu ihr zurückgekommen und hatte sie fest umarmt. Sie hatte wirres Zeug gesprochen, von der Flecktyphusepidemie, die schon im Juli viele Menschen in dieser Gegend hinweggerafft hätte, auch Verwandte aus Nadjas eigener Familie. Emmas Familie sollte es auch getroffen haben, hatte der Kutscher erzählt. Wer, wer war von ihren Lieben gestorben, während sie zum ersten Mal seit Jahren die Zeit genossen und geträumt hatte? Emmas Herz raste.

Auf dem Gut angekommen hatte Emma ihren fassungslosen Vater und die Großen umarmt und erfahren, was geschehen war. Ja, es hatte eine Epidemie gegeben. Natürlich waren die Schwächsten und Kleinsten zuerst dahingerafft worden. Viele waren in dieser Zeit gestorben, wer achtete da schon sonderlich auf kleine Kinder von Zwangsarbeitern. Niemand war auf dem Hof, der verantwortlich handeln und einen Arzt hätte holen dürfen. Ärzte mussten bezahlt werden und die Gutsbesitzer waren nicht da. Ob dieser dann überhaupt hätte helfen können, war fraglich. Es waren ja nur »Nemez«, Kinder und eine alte Frau. Mathias' Kenntnisse in Medizin hatten nicht ausgereicht. Er hatte wieder einmal nicht helfen, nichts tun können. Er hatte nur die älteren Kinder ins Zimmer der deutschen Mädchen einquartiert, sie isoliert und so wenigstens ihnen die Ansteckung erspart, sicher sogar das Leben gerettet. Das schien ihm für sein ausgeprägtes Verantwortungsbewusstsein zu wenig.

Emma aber wollte und konnte es nicht glauben und nicht verzeihen. Während sie es sich hatte gut gehen lassen, war hier fast ihre ganze Familie ausgerottet worden durch irgendeine hinterlistige Krankheit. Warum tat Gott so etwas? Oder hatte er sie hier in der Fremde vergessen? War es eine Prüfung für sie, und wenn ja, warum verstand sie diese dann nicht? Wieso lagen Freude und Schmerz oft so dicht beieinander? Wieso hatte sie nichts gespürt von den Nöten und Schmerzen ihrer Lieben? Hätte es etwas ausgemacht, wenn sie hier gewesen wäre? Doch sie hatte es nicht selbst entscheiden können.

Die Herrschaften sprachen Emma ihr Beileid aus, gestatteten der heimgesuchten Familie die Anschaffung schwarzer Kleider. Sie schickten Emma und die Kinder sogar zu einer Schneiderei im Ort. Da Emma zurzeit in der Küche recht unachtsam war, gaben sie ihr den Auftrag, stattdessen feine Handarbeiten in der Gesindestube herzustellen, das war ungefährlicher, und es wurde Zeit, Geschenke vorzubereiten, die man zum russischen Weihnachten Anfang Januar benötigte. Das war eine Schonarbeit und zusätzliche Einnahmequelle für Emma, da es immer ein kleines Trinkgeld für sie gab. Nadja war die Einzige, die mit ihr geweint und laut gebarmt hatte. Hauptsächlich aber wohl um Herbertchen, »ihr Söhnchen«. Lebendig wurden Emmas Lieben dadurch trotzdem nicht wieder. Auf dem Friedhof gab es nur ein Grab für alle zusammen. Der Pfarrer versuchte, sie zu trösten, ihr Mut zuzusprechen, auch an die übrigen Kinder zu denken, die ihre Mutter dringend brauchten, aber Emma konnte sich nicht wieder fangen. Sie war nie richtig bei sich, kümmerte sich wenig um den Schmerz ihrer »Großen«, die auch ihre Oma, ihre Geschwister vermissten und beweinten.

Aber Kinder sind Kinder, die Tage forderten ihr Recht, ihr Leben ging trotzdem weiter, sie trauerten nicht permanent, spielten, sangen, tobten wie sonst, aber in stillen Stunden litten sie nicht weniger als die Erwachsenen. Sie vermissten den Trost der Mutter. Emma spürte es nicht, sah nur sich und ihren eigenen Schmerz, wochenlang.

Auszeit

Im November starb unverhofft Mathias. Emma, die bei den anderen Toten fast von Sinnen gewesen war, kam zu sich. Ihr immer starker fröhlicher Vater hatte neben ihr gelitten, hatte wahrscheinlich wieder, wie so oft, die Schuld bei sich gesucht. Er war verkümmert, ohne dass Emma es überhaupt gemerkt hatte. Nun war auch er tot. Nie mehr würde er seine geliebten ostpreußischen Wälder und Flure sehen, nie mehr Ostpreußens Lieder singen und die Kinder mit seinen Geschichten erfreuen. Mathias war stets eine Quelle der berühmten »Weisheiten«, der witzigen ostpreußischen Sprüche gewesen. »Unrecht Gut gedeihet nicht«, »Mäuschen satt, Körnchen bitter«, »Wer Lügen will, muss he god Gedächtnis haben«. Und seinen ständigen Hinweis an die Kinder »Mach dat ordentlich, sonst hält et von twelfe bis Middag«. Breit und platt gesprochen, amüsierte die Kinder, die ihre Eltern und Großeltern sonst ja nur in Hochdeutsch sprechen hörten. Diese groben »Volksweisheiten« hörte sie ihn in Gedanken immer noch sagen, den Zeigefinger mahnend erhoben. Emma hatte ihre Sache dieses Mal nicht ordentlich gemacht. Sie hatte ihm nicht beigestanden, nur sich selbst gesehen. Er hatte seine Frau und drei seiner Enkel verloren, allein wollte er die Heimat auch nicht mehr wiedersehen, fühlte sich an allem schuldig. Es war kein Lebensmut, keine Kraft mehr in ihm, das alles zu ertragen, Mathias war ein alter Mann und er war einfach gegangen. Nie mehr würde Emma sein Lachen hören, seine großen warmen Schmiedehände tröstend auf ihrem Rücken spüren. Und sie hatte nichts für ihn getan. Das quälte. Es quälte sie mehr, als sie sagen konnte. Sie hatte versagt, sie würde es sich nie verzeihen, ihren Vater, ihre Familie im Schmerz in diesen vergangenen Monaten alleingelassen zu haben. Ihr Vater, der starke Schmied, der gute Tierarzt, der liebevolle und fürsorgliche Geschichtenerzähler, der Vater und Großvater für sie und ihre Kinder, war nicht mehr. Er war die einzige starke Schulter gewesen, an die sie sich mal lehnen konnte, wenn es gar nicht mehr gehen wollte. Ihr Vater war tot.

Aber er hatte ihr ein Vermächtnis hinterlassen – ihre eigenen Kinder. Jetzt musste sie wieder für sie da sein. Da gab es ja niemand anderen mehr. Emma hatte Verpflichtungen ihren Kindern, dem Leben gegenüber. Sie musste, sie konnte, sie durfte nicht versagen. Und sie wollte Mutter Henriettes Vermächtnis erfüllen: »Eines Tages kommen wir wieder nach Hause!« Adomischken, das geliebte Adomischken, es war so weit und unwirklich, trotzdem liebte sie die Felder und Wälder, ihren Teich, die Tückisch Jura, zu der das Bächlein hinter dem Haus floss. Emma liebte die stillen Fahrten übers Land, ja sogar die Nachbarn und natürlich den Rest der großen Familie. Mathias hatte durch sein Sterben eine letzte gute Sache an seiner Tochter vollbracht, was er lebend nicht geschafft hatte, bewirkte sein Tod: Emma war wieder im Leben angekommen.

Und die Jahre gingen unter viel Arbeit dahin. Kriegsjahre, Zwangsarbeiterjahre. Sie waren lang und ohne Abwechslung, ohne Feiern, Freunde, Geschenke oder körperliche Zuwendungen für Emma. Zum Glück hatte sie die Kinder und die Kinder hatten sie. In den folgenden Jahren verbrauchte dieses Russland, diese Fremde ihre ganze Kraft. Arbeiten, Handarbeiten für Geld, Unterricht so gut es ging für die Kinder und vieles andere mehr laugten sie aus, zehrten an ihren Kräften, machten sie zur alten Frau.

Es wurde immer schwerer

Drei Jahre waren vergangen, seit ihres Vaters Tod im Winter damals. Emma erledigte wie in Trance ihre Aufgaben im Haus, dort war es eigentlich weniger Arbeit geworden, man munkelte, die Herrschaft wolle verkaufen, umziehen wegen der schlechten Zeiten. Ohne Pferde und Arbeiter ging ja die Feldbestellung nicht. Alles war aber für den Krieg inzwischen eingezogen worden, auch der ältere Sohn des Hauses. Und im Lande gärte es. Die Bevölkerung wetterte gegen die Adligen und Reichen. Die Studenten, einige von ihnen waren immer noch da, die an Oma Henriettes Hilfe gewöhnt waren, wandten sich jetzt an »Oma« Emma. Der Krieg riss Löcher in ihre Garderobe, neu angeschafft wurde nicht so schnell, es gab auch nur noch weniges, da sollte Emma helfen. Emma hatte ohne ihre Babys Zeit zum Grübeln, was nicht gut für sie war. Die vier »Großen« ihrer Kinder führten ihr Leben schon recht selbstständig, so nutzte Emma die Zeit für die Aufträge der Studenten. Mit oft klammen Fingern arbeitete Emma auch nachts. Sie besserte Kleidung aus, strickte Pullover, Strümpfe und Schals, aber nicht solche wie zu Hause, nein, in Russland war es kalt, die Studenten wickelten ihren ganzen Oberkörper kreuzweise in etwa vier Meter lange und ungefähr vierzig Zentimeter breite bunte oder einfarbige Schals, sie bezahlten Emma dafür, gaben ihr sogar Trinkgeld, damit es schneller ging. Einige bezahlten sie auch mit Restewolle und Naturalien von ihren Eltern. Die Kriegsarmut hatte Saratov längst erreicht, Essen wurde knapp, da kamen Extras gerade recht, um nicht zu hungern. Ja, es gab viel Arbeit, so manche halbe Nacht ging beim Stricken im Kerzenschein vorbei. Auch die größer werdenden Mädchen mussten tüchtig mit heran, sie nähten, häkelten, stickten und strickten mit der Zeit immer besser, wickelten Wolle auf, knüpften Fransen an Tücher und Schals. Gut so, brauchten auch sie nicht zu grübeln oder an Dummheiten zu denken. Wie hatte Mutter Henriette immer verkündet? »Müßiggang ist aller Laster Anfang!« Na, davon konnte bei ihnen allen nun wirklich keine Rede sein.

Emma war überhaupt noch nie einem der üblichen Laster verfallen. Rauchen, Trinken, Buhlen oder Schlimmeres waren ihr von Natur aus fremd. Aber diese verflixten Wünsche, waren das nicht auch Laster? Sie hatte so viele Wünsche, allen voran war ja da immer der Wunsch nach Reisen gewesen, und was war daraus geworden? Ihr und ihrer Familie war letztendlich nur Böses daraus erwachsen. »Bleib im Lande und nähre dich redlich!«, sagten zu Hause die Alten. Gut gesagt! Sie aber hatte nie eine Wahl gehabt, ob sie reisen oder zu Hause bleiben wollte. Ihr Herzenswunsch in all den Jahren in Saratov war, der Krieg möge endlich, endlich beendet werden und sie mit den Kindern wieder nach Hause zu ihrem Liebsten dürfen. Würde er sie überhaupt noch wollen, alt und verhärmt, wie sie jetzt aussah? Trotz der permanenten Müdigkeit sehnte sie sich nach der liebevollen Zuneigung Emils, nach seinen geschickten Händen und Zärtlichkeiten. Die Wünsche nach dem üppigen Frischhaltebunker zu Hause, war das Sünde? Essen, gutes deutsches Essen. Wünsche nach Essen, nach Liebe, nach zu Hause, waren das alles Laster? So etwas diente doch nur der Lebenserhaltung. Waren das wirklich Laster, dann hatte sie genug davon. Sie wünschte sich so sehr, ihren Emil, die Verwandten, Bekannten und ihren Heimatort Adomischken wiederzusehen. Auch an Willkischken, Tilsit, Tauroggen oder sonst ein Ort in der alten Umgebung dachte sie nun voller Sehnsucht. Die Heimat, dieses Wort hatte für sie eine völlig neue Bedeutung bekommen. Heimat war Sehnsucht, war Liebe, Kindheit, Vertrauen, die Bäume und Straßen, Menschen und Tiere, war einfach zu Hause. Die Kinder, ihre Zuhörer, wenn Emma ins Schwärmen kam, staunten nur. Die Großen wussten noch vage, wovon sie träumte, die Kleineren, Meta und Frieda, hörten nur mit offenem Mund den »Märchen« von Deutschland zu, erinnern konnten sie sich nur an weniges. Komisch das alles, jetzt war Emma die Geschichtenerzählerin wie früher ihr Vater.

Endspurt

Aufgeregt kam Nadja in die Küche gerannt. »Habt ihr es schon gehört? Sie haben Traudel gefunden.« »Wie, Traudel gefunden?«, fragte Emma. »Sie ist doch hier!« »Nein, ist sie nicht, sie liegt tot in der Stadt, wir haben sie selber gesehen, irgendwer hat sie aus der Wolga gezogen.«

Emma konnte sich schon denken, warum Traudel das getan hatte, oder war sie gar umgebracht worden? Traudel, eines der deutschen Mädchen, war leichtsinnig geworden, sie hatte ein »Gspusi« mit dem russischen Hausmeister begonnen. Oder er mit ihr? Egal. Das Ergebnis war nun nach Jahren eine ungewollte Schwangerschaft. So richtig war aus ihr auch nicht herauszubekommen, ob die Hingabe nun freiwillig gewesen war oder nicht, jedenfalls hatte das Verhältnis bis zu ihrer Schwangerschaft gehalten. Traudel hatte große Angst gehabt. Teuer bezahlte Träume, zu teuer bezahlte wenige schöne Momente in den paar Jahren. Der Hausmeister, natürlich verheiratet, zog sich, als sie schwanger wurde, von ihr zurück, und Traudel war, wie es nun klar war, mit der Situation völlig überfordert. Ihre Eltern, dem früheren Erzählen nach strenge Leute, würden sie verstoßen, hatte Traudel befürchtet. Emma hatte oft mit Traudel gesprochen, ihr versichert, dass nach Gefangenschaft und Krieg die Eltern froh sein würden, ihre Tochter gesund, ob nun mit oder ohne Kind, wieder in die Arme schließen zu dürfen. Aber Emmas Argumente hatten nicht Traudels Herz erreicht, die Angst war geblieben. Nun war sie tot, eine von vielen, die nach diesem Krieg nicht mehr nach Hause kommen würden, blasser werdende Erinnerungen und ein gestohlenes Leben, mehr blieb von ihr nicht.

Und noch eine aus ihrem Zug würde nicht mehr nach Hause kommen. Hilla, das zweite deutsche Mädchen, hatte es besser getroffen. Sie war auch in dem Alter, wo man die Liebe entdeckt, entdecken will. Zuerst war es ein Techtelmechtel mit einem der Studenten, die den Professor oft besuchten. Dort unter der Hauslinde hatten sie gesessen, als die wahre Liebe in Person des Tischlergesellen des Hauses eingeschritten war. Dieser hatte sich in Hilla von Anfang an verguckt und wollte nicht zusehen, dass sie ein anderer Bursche leichtsinnig verführte und für ein flüchtiges Glück verdarb. Mutig ging er zum Direktangriff über. Hans war ein Deutsch-Russe. Seine Großeltern waren noch Deutsche gewesen, deren Kinder sich dann mit Russen verheirateten. Hans fragte nicht lange, er sprach von seiner Arbeit, seiner Liebe zu ihr, der Freude seiner Großmutter über eine neue Deutsche in der Familie, auch seine Eltern wären es zufrieden, und er machte Hilla einen liebevollen Heiratsantrag. Hilla musste nicht lange überlegen, hatte sie doch die eigenen Eltern schon im Krieg verloren und hier in der Fremde ein neues Zuhause gefunden. Hilla sagte ja.

Nach einigen Behördengängen bekamen sie die Genehmigung auch von der Gutsherrschaft und so stand einer Hochzeit nichts mehr im Wege. Sie würde weiter hier ihre Arbeit tun, nun als freie Frau mit einem angemessenen Gehalt. Gefeiert wurde wegen der schlechten Zeiten nur ein wenig mit der Familie.

Die Kinder

Adolf war der Erste, der begann, eigene Wege zu gehen. Im besten »Lorbassalter« zwischen acht und zwölf Jahren hatte er bald Russisch verstehen und sprechen gelernt und machte es wie alle Jungen seiner Generation: Wenn er konnte, büxte er aus und erkundete die Gegend. Große Anziehungskraft hatte natürlich die Wolga, die hier bei Saratov breit wie ein Meer war. Ja, Herumstrolchen, Neues sehen, das gefiel Adolf. Dabei war er nicht allein, bald schon fand er gleichaltrige Gleichgesinnte, Deutsche, Verschleppte wie er selber, aber auch Russenjungen waren dabei, zu unterscheiden waren sie sowieso kaum noch. Adolf war klein und für einen Jungen sehr zierlich gebaut, mit einem unscheinbaren Gesicht. Ein Junge, der nirgends auffiel. Zwischen allerlei Aufträgen, Besorgungen, Botengängen fand Adolf Zeit, herumzustromern. Am meisten imponierte ihm dabei, dass es um Saratov herum Menschen gab, die in der Erde wohnten. Jawohl, richtig in der Erde! Erstaunt stellte er fest, dass er und seine Geschwister beileibe nicht die Ärmsten in diesem Land waren. Menschen gab es hier, die wohnten primitiver, als zu Hause ihr Vorratsbunker gewesen war.

Im bergigen Land und auch auf der flachen Wiese gruben Menschen, die Ärmsten der Armen, tiefe Löcher aus, stabilisierten mit was auch immer ein wenig die Seiten, legten Bohlen, Baumstämme oder Bretter darüber und schaufelten wieder Erde darauf. Gras, Blumen, Unkraut wuchs irgendwann wieder von allein darüber, und wenn es nicht irgendwo eine Holzbalkentreppe und einen dicken Strohwisch in der Erde oder auf einem aufgeschütteten Hügel gegeben hätte, wäre niemandem eine Landschaftsveränderung aufgefallen, kein ortsfremder wäre auf die Idee gekommen, dass unter seinem Weg durch die Landschaft Menschen wohnten. Der Strohwisch, welcher quasi den Schornstein zustopfte, der als Abzugsloch oberhalb der Erdhütte gelassen wurde und der bei Schlechtwetter verhinderte, dass Regen in die Behausung lief, wurde bei Sonnenschein oder wenn die Bewohner im Erdbunker kochen wollten beziehungsweise Luft benötigten, herausgezogen. Durch dieses so wieder offene Loch zog der beim Kochen entstehende Rauch ab oder gelangte bei Nacht, wenn die Tür geschlossen war, Sauerstoff nach unten zu den dort hausenden Erdmenschen. Die Feuerstelle der armseligen Behausung von Menschen, die wie Erdtiere lebten, befand sich genau unter dem Loch, so dass Dampf, Ruß und Rauch abziehen konnten. Diese Menschen lebten von der Hand in den Mund. Kleidung gab es kaum, Lebensmittel wurden selten gelagert. Irgendetwas diente als Untergrund und Zudecke beim Schlafen. Abgeschlossen brauchte nichts zu werden, da nichts da war, was stehlenswert gewesen wäre. Geheimnisse voreinander im Zusammenleben konnte es nicht mehr geben. Die Minimalisten unter den Sonderlingen wären begeistert. Minimaler ging menschliches Leben nicht. Und dennoch lachten die Kinder, freuten sich darüber, es im Winter schön warm unter der Erde zu haben, freuten sich auf jede Malzeit und hatten alle gemeinsam eine einzige Sehnsucht, einen einzigen Wunsch, der sie überleben ließ. Wenn sie groß waren, wollten sie in einem richtigen Haus wohnen. Dieses Leben spielte sich fast anonym ab, da keine Behörde sich die Mühe machte, es überhaupt zu registrieren.

Adolf, nun ohne männliche Hand und väterliches Vorbild aufwachsend, lungerte auch oft lange bei irgendwelchen Handwerkern herum, sah ihnen interessiert bei ihren Arbeiten zu, machte ihnen kleine Handreichungen, bis der eine oder andere begann, seine Fragen zu beantworten, oder ihm zeigte, wie dies oder das zu tun sei. Das Erbteil seines handwerklich begabten Vaters ließ sich also auch hier unter schlechtesten Bedingungen nicht verleugnen. Adolf zeigte sich in vielem geschickt und brachte seiner Mutter so manches Dankeschön für seine Mühen in Form von Lebensmitteln, Geld oder Selbstgearbeitetem mit nach Hause.

Gertrud hatte aufgrund ihres inzwischen mehrjährigen Aufenthaltes im Haus nicht nur mit Igor, der ja nun schon ein Schulkind war, sondern auch viel mit seiner Erzieherin und der Gesellschafterin der Hausfrau zu tun. Sie hatte sich dadurch nicht nur körperlich, sondern auch seelisch von den Geschwistern und ihrer Mutter entfernt. Sie sah den gepflegten Haushalt, in dem sie lebte, die Ordnung in allen Dingen und wie angenehm ein Tag vergehen konnte, wenn keine schweren und schmutzigen Arbeiten erledigt werden mussten. Hier drinnen interessierte es niemanden, ob das Vieh rechtzeitig gefüttert, gepflegt und versorgt wurde, ob genug Holz zum Heizen da war und dass der Garten bestellt werden musste. Keine Arbeitspflicht weckte die Hausfrau morgens um sechs Uhr. Ein schönes Leben in Gertruds Augen. So wollte sie es auch einmal haben. Den ganzen Tag nur tun müssen, was Freude brachte, Spaß machte, sauber war. Abends gemütlich essen, plaudern oder feiern, manchmal auch ins Theater gehen. Ein schönes Leben. Gertrud begann, bewusst auf ihre Kleidung zu achten, schmeichelte den Damen des Hauses so dieses und jenes für ihr Aussehen ab. Bald schon unterschied sie sich von ihren Geschwistern, und wenn es nur ein weißer Häkelkragen war, der sie schmückte. In der Freizeit waren Handarbeiten der Hausdamen liebste Beschäftigung, und so konnte es nicht ausbleiben, dass Gertrud, als sie älter wurde, neben allen möglichen Laufereien und Hilfeleistungen im Haus auch die verschiedenen Handarbeitstechniken erlernte, sie wusste, welches Zubehör man benötigte und welchen Beliebtheitsgrad die einzelnen Arbeitstechniken gerade hatten. Weben und Nähen, Sticken und Häkeln, Stricken und Seidebemalen konnte sie bald nicht nur unterscheiden, einiges hatte sie oft in Wintertagen bei der Mutter und Großmutter gesehen, nein, Gertrud war ein sehr geschicktes Mädel mit fleißigen Händen, welches mit Nadel und Schere bald so gut wie die Erwachsenen umgehen konnte.

Ruhige, friedliche, saubere Arbeiten bestimmten ihren Tagesrhythmus, und Igor machte ihr, je besser sie sich verstanden, auch viel Spaß. Sie konnte gut mit Kindern umgehen, das hatte sie rasch bemerkt. So etwas wäre ein Beruf für sie, und da Igor jetzt auch oft lernen, also Hausarbeiten machen musste, war nicht mehr so viel Zeit zum Spielen übrig. Manchmal lernte Gertrud den Unterrichtsstoff mit, ein andermal bekam sie neue Aufgaben. Gertrud half also den Frauen im Haus, wo es nötig war. Da sie eine feine Sopranstimme hatte und oft genug abends musiziert wurde, lernte sie mancherlei russische Weisen, die nicht nur ihr sehr gefielen, sondern auch ihrer Mutter und den Geschwistern, besonders der kleinen Frieda, die mit ihren acht Jahren sehr gut singen konnte. Klein Frieda war ein eher stilles, zurückhaltendes Mädchen und daher von der Hausfrau sogar am Tage im Gutshaus gut gelitten. Besonders gern mochten sie »Suliko«, ein Lied über einen Trauernden, der auszog, das Grab seiner Liebsten zu suchen. Die Kinder sangen Sopran, Emma eine erfundene Altstimme, ein schönes trauriges Lied von der toten Liebsten, die zur Rose geworden war, eine romantische Ballade. Es war ihrer aller Lieblingslied geworden. Am Abend unter der großen Hoflinde von den Deutschen mehrstimmig gesungen, rührte es nicht nur die Köchin und Hausmädchen, sondern sogar den Hausherren, der oft dabei stehen blieb und sicher auch gedanklich mitsummte. Er war es auch, der dann oft sagte: »Und nun ein deutsches Lied!« Seine absoluten Lieblinge darunter waren »Am Brunnen vor dem Tore« und in der Weihnachtszeit »Stille Nacht, heilige Nacht«. Emma hatte ja in all den Wirren der Flucht manche

Dinge und auch ihre Mandoline retten können. Jetzt tat sie gute Dienste.

Gertrud war, ohne sich dessen bewusst zu sein, zu einer Art Verbindung zwischen Hausbewohnern und deren Zwangsarbeitern geworden. Sie kümmerte sich nicht viel um Politik, merkte aber doch, dass das Leben auf dem Hof sich im Laufe der Jahre verändert hatte, dass alles einfacher, sparsamer geworden war, die Arbeiterzahl auf den Feldern sank und das Essen schon eine ganze Weile rationiert und schlechter war. Die Auswirkungen des Krieges waren nun auch im Hinterland Russlands zu spüren. Vier Jahre waren schon ins Land gegangen. Man machte sich Hoffnung auf baldigen Frieden. Frieden, das hieß vielleicht nach Hause kommen, und zu Hause, das hieß auch für Gertrud wieder Arbeit auf dem Hof und dem Feld, wozu sie keine Lust mehr verspürte. Nach Hause wollte sie aber trotzdem gerne wieder, genau wie die Mutter und die Geschwister, die neuerdings von nichts anderem mehr sprachen, wenn sie am Abend zusammensaßen.

Meta und **Frieda**, die beiden Jüngsten, blieben recht verschieden. Natürlich hatten sie inzwischen Pflichten für die Herrschaften übernehmen müssen. Gemüse putzen, Wäschebolzen erhitzen. Die so hießen, da sie bolzenförmig waren, aus Eisen bestanden, ins offene Feuer gelegt glühend wurden und verschlossen in einem Bügeleisen durch die ausstrahlende Hitze der Glättung von Wäschestücken diente. Hierzu benötigte man je zwei Bolzen. Mit dem einen wurde gebügelt, der zweite konnte mit Hilfe einer langen Eisenzange im offenen Feuer des Herdes gewendet und erhitzt werden, Kinderarbeit. Sie mussten beide, so klein sie waren, wischen und was es sonst in einem großen Haushalt für junge Mädchen zu tun gab. Auch in ihrer primitiven Unterkunft erledigten sie vieles an häuslichen Arbeiten, da Emma ihre freie Zeit für Auftragshandarbeiten benötigte, man wusste nicht, ob das Gesparte sonst zur Heimreise reichen würde. Frieda zog es geradezu magnetisch zu ihrer älteren Schwester ins Haus, und man übersah sie gern dort, so leise und ruhig, wie sie sich benahm. Kam jemand mit vollem Tablett, öffnete sie schnell die Türen, sammelte auf, was verloren war, trug es den Dienstmädchen hinterher, sie war niemandem im Wege, sondern immer als kleiner dienstbarer Geist in der Nähe. Alle mochten sie. Aber Frieda mochte am liebsten ihre große Schwester, auch wenn Gertrud bei ihrer Familie war, ging ihr Frieda nicht von der Pelle. Sie ahmte ihr alles nach, half ihr, wenn es möglich war, ließ sich alles zeigen, was Gertrud selber erst gelernt hatte. So war die kleine Frieda, neben der Auffälligkeit, besonders gut singen zu können, auch schon recht geschickt in den einfachen Handarbeiten.

Meta hingegen zog es zu Adolf, seine Spiele, sein Herumvagabundieren imponierten ihr sehr, und sie schloss sich ihm an, sooft sie durfte. Sie war ein bewegliches, quirliges Ding und ließ sich lieber für Arbeiten im Freien als im Haus einsetzen. Sie war die hübscheste und lustigste unter ihren Geschwistern, sehnte sich noch immer stark nach ihrem Vater, dem sie wohl mit ihrer Jungenhaftigkeit und Unbekümmertheit am ehesten nachschlug. Die Handarbeiten, die ihre Mutter für die Studenten und Damen übernahm, interessierten sie nicht so sehr. Trotzdem war sie mit ihren Händen geschickt wie die anderen Geschwister.

Hoffnung

Ja, die Hoffnung, ohne sie wäre Emma so manches Mal verzweifelt. Sie und die Kinder waren fest verwachsen, sicher mehr, als es zu Hause je gewesen wäre, aber sonst? Sie war noch immer weit weg vom Liebsten, wusste nicht einmal, ob es ihm gut ging. Die Eltern beide tot, drei ihrer kleinen Lieblinge ebenfalls gestorben, nirgends etwas Schönes, immer schwerer werdende Arbeit. In der Küche gab es nicht mehr viel zu tun, aber da durch den Krieg überall auf dem Hof helfende Hände fehlten und die Arbeit auch im Garten inzwischen überhandnahm, mussten Emma und die Kinder oft genug ungewohnte, schwere Arbeit verrichten. Ohne Freundin Nadja, die als Köchin im Haus bei vielen Dingen mitzureden hatte, wäre es wohl noch böser für sie ausgegangen.

Emma hatte seit Neuestem zusätzliche Sorgen. Der Hausmeister, sonst ein ruhiger Mann, wurde aggressiv, wenn er getrunken hatte. Seit der Geschichte mit Traudel trank er sowieso mehr, als gut für ihn sein konnte. Hatte er dann getrunken, vergaß er scheinbar seine Frau, vergaß Traudel und wen es sonst noch gegeben haben mochte. Er wurde zum Ekel, und er wurde zum Vergewaltiger, wenn es nicht anders zu haben war. Dann vergaß er auch, dass es Emmas Kochkünste waren, die er liebte, und nicht sie selbst. Vielleicht war sie auch einfach die Letzte auf dem Hof, mit der er noch kein Techtelmechtel gehabt hatte, und gerade ihre feste Moral oder Sauberkeit im Verhalten zogen ihn an, Schönheit konnte es ja nicht sein, aber wer wusste schon, was so in Männerköpfen vorging? Auf Deutsch gesagt, er wollte sie verführen, stieg ihr nach. Zuerst hatte sich Emma nur darüber amüsiert, sie war es nicht gewohnt, die Aufmerksamkeit fremder Männer zu erregen. Und im Moment war ja an ihr nun schon gar nichts Hübsches mehr, da sie weder Zeit noch Mittel hatte, irgendetwas für ihren Körper, ihre Kleidung, ihr Aussehen zu tun. Sie war auch ständig müde und ausgelaugt, hatte gar kein Interesse an einer Liebschaft. Schon gar nicht mit so einem Kerl, der allen Frauen unter die Röcke wollte, der jeder nachstieg, die in seine Nähe kam und nicht bei drei auf einem Baum war. Solche Kerle konnten einer Frau nur schaden. Und was sollten die Kinder von ihrer Mutter denken? Ja, es war schon so, dass ihr die körperlichen Zärtlichkeiten fehlten. Aber so zärtlichkeitsheischend konnte Emma gar nicht sein, dass sie die Kinder je vergessen und sich mit solch einem Kerl einlassen würde. Gertrud kam sowieso in ein gefährliches Alter und brauchte ein starkes Vorbild. Selbst wenn Emma gewollt hätte, hätte es ihr Verstand verhindert, auch wenn Moral in diesen Kriegszeiten im Allgemeinen kaum vorhanden war. Vergewaltigungen waren an der Tagesordnung. Manchmal wunderte sie sich allerdings schon, dass sie Objekt der Begierde war. Eigentlich war es lächerlich, Angst zu haben. Was sollte ihr schon geschehen? Mehr als umbringen konnte er sie nicht und auch das war ihr oft egal. Doch sie musste sich zusammenreißen und für ihre Kinder da sein. Irgendwann würde dieser Frauenverzehrer ja wohl sein Interesse verlieren. Ja, es war für alle auf dem Hof nicht zu übersehen. Emma hatte einen Verehrer gefunden. Das machte wohl die ständige Zusammenarbeit. Zur Not würde sie selber Gewalt anwenden, käme, was da wolle. Aber er war ihr Vorgesetzter, sie würde auch nachher mit ihm arbeiten müssen, falls er sie nicht gleich umbrachte. Was würde er dann tun? Erst einmal musste sie ihn hinhalten, solange es ging.

Sich vor ihm zu schützen wurde eine richtige Last. Er gab ihr jetzt sowieso oft Arbeiten, wo er sie leichter erreichen, ohne Zeugen greifen konnte, jedenfalls einfacher, als es in der Küche gewesen war. Wenn er nüchtern blieb, konnte sie ihn beschwatzen. Hatte er getrunken, war er für kein Gespräch zugänglich, sondern zwang sie einfach gegen eine Mauer oder einen Baum, versuchte, ihr Gewalt anzutun, hatte sie auch schon geschlagen. Dann nutzte es ihr gar nicht, von Mathias, ihrem Vater, seinem ehemaligen Freund, zu reden. War er auch so bei Traudel gewesen? Würde er sich auch noch Gertrud greifen? Was sollte Emma nur tun? Wieder nüchtern schämte er sich wohl, aber das hielt nicht lange vor. Nadja, die ihr wie immer gerne helfen wollte, beanspruchte daher Emma oft für sich in der Küche oder rief und suchte nach ihr, wenn ihr Emmas langes Fortbleiben verdächtig erschien. So hatten es beide Frauen bis jetzt geschafft, Emma zu schützen, aber wie lange wohl noch? Emma wusste, dass viele, viele Frauen im Krieg und auf der Flucht vergewaltigt worden waren, manche gar ihr Leben gelassen hatten. Sie aber, Emma, unansehnlich und immer umgeben von ihren Eltern und einem Tross Kindern, war in dieser Beziehung immer gut durchgekommen. Sollte sich das noch kurz vor Ultimo ändern? Sie hoffte, unbeschadet nach Hause zu dürfen.

Große Veränderungen

Anfang 1917 merkten auch die deutschen Gefangenen, dass es gärte und brodelte im russischen Reich, dann im Herbst des gleichen Jahres brauste eine Revolution über Russland. Um Moskau und andere Landstriche herum sollte es unendlich viele Tote gegeben haben. Reiche Adlige flohen nach Frankreich und in alle Welt, wenn sie nicht umgebracht oder wie die Zarenfamilie gefangen genommen worden waren. Dieser russische Zar sollte während der Revolution gar zurückgetreten sein, trotzdem wurden er und alle seine Kinder eingesperrt. War das jetzt in Deutschland mit dem Kaiser auch so? Ihnen sagte man ja nichts, aber die Gerüchteküche brodelte. Es hieß, alle Landbesitzer seien enteignet worden. In der Kirchengemeinde wussten die Leute von schlimmen Dingen zu berichten. Emma konnte sich das alles gar nicht richtig vorstellen. Kaiser, Könige oder wie hier ein Zar, die waren doch fast heilig, die konnte man doch nicht einsperren! Ob das alles stimmte? Moskau war weit. In der Kirche tauschen sie alle, die sie zwangsweise in Russland waren, ihre Meinungen und Ängste aus. Die Auswirkungen des Krieges, die ungebremste Verschwendungssucht mancher Reichen im Land, sogar in diesen Zeiten, wo Tausende Menschen verhungerten. Sicher war da auch der Zarenhof Ziel des Hasses geworden. Die Verschwendungssucht der Reichen riss die Armen in Russland immer tiefer in den Abgrund. Ein Menschenleben war, wie gesagt, nicht viel wert. Emma hatte auch schon die Auswirkungen des Sturmes im Land gesehen. Und obwohl sie direkt in einem Landwirtschaftsgut eingesetzt worden waren, hatte es für sie und die Kinder auch schon ab und zu Hunger gegeben. Die Anzahl der »Erdmenschen« in ihren Bunkern bei Saratov nahm ständig zu. Die Armen hatten nichts mehr zu verlieren, selbst das Leben war ihnen nichts mehr wert, nicht das eigene und nicht das fremder Menschen. Überfälle, Morde und Diebereien waren an der Tagesordnung. Aberglaube, Wundertäter, Scharlatanerie und verbunden damit die um sich greifende Abzockerei der sowieso schon Armen nahmen zu, immer ein Zeichen schwieriger Zeiten. Einen ganz großen Wundertäter aus Sibirien, Rasputin, sollte es gegeben haben, dem sogar die Zarin verfallen gewesen war. Angeblich hatte Rasputin einem ihrer Kinder das Leben gerettet, bevor er 1916 ermordet wurde. Wie gesagt, was stimmte und was nicht, wussten die deutschen Verschleppten alle nicht zu sagen.

Bereits im Frühling des Jahres aber rotierten die Herrschaften. Der Professor hörte die Warnungen seiner Studenten und Kollegen, die aus dem ganzen Russland hier zusammenkamen. Er vermutete Schlimmes für die Zukunft der Großgrundbesitzer. Natürlich wollte er mit seiner Familie nicht mit unter die Räder kommen und begann, ihr äußeres Leben zu verändern. Der Gutshof, der in den letzten Kriegsjahren sowieso nicht mehr viel abgeworfen hatte, sondern nur mehr dem Eigenbedarf diente, wurde im Frühling 1917, für alle überraschend, preiswert verkauft, gerade noch rechtzeitig. Die Unruhen zeigten Wirkung. Der Professor hatte für sich, seine Familie und nur noch zwei, drei Bedienstete in Saratov gleich neben der Universität ein unscheinbares, nicht allzu großes Haus gekauft. Seine Hoffnung war, dass man Lehrer, Professoren immer brauchen würde. Gutsbesitzer hingegen lebten in aufrührerischen Zeiten gefährlich, wie recht er hatte, zeigte sich noch im gleichen Herbst, als viele seiner ehemaligen Nachbarn erschlagen wurden. Der Herr ging fortan mit seiner Familie auf Tauchstation. Der Haushalt wurde aufgelöst.

Emma wollte nicht, dass ihren russischen Bekannten nun, in Revolutionszeiten, etwas Böses geschah, war doch in den Jahren das Gutsherrenehepaar immer wohlwollend ihnen gegenüber, den gefangenen Deutschen, gewesen. Manche in der

Kirchengemeinde erzählten da von ihren Herrschaften ganz etwas anderes. Ihr Hausherr war ein gut aussehender, sich sehr gerade haltender, freundlicher Intellektueller. Die Herrin hatten sie höchstens mal im Vorbeigehen sehen können. Sie war eine stolze Dame, eine unnahbare Frau, aber nicht bösartig. In den neuen Zeiten würde ihr der Stolz sicherlich sowieso vergehen. Emma wünschte ihnen alles Gute in diesen nun auch für sie nicht so einfachen Zeiten. Aber was würde aus den Zwangsarbeitern werden? Die konnte man doch nun nach Hause lassen, schließlich hatte man dadurch einen Haufen Esser und andere Probleme weniger im Land.

Eine große Freude war es, dass Emmas lästige »Liebesgeschichte« mit dem gefährlich gewordenen Verehrer so gleich mit geklärt wurde. Er ging mit den Herrschaften in die Stadt, wieder als Hausmeister, und so war sie ihm aus den Augen. In der großen Stadt würde er wohl genug Opfer seiner Gelüste finden. Emma und ihre Familie blieben mit den Feldarbeitern und anderen Angestellten, die noch da waren, auf dem Hof. Würde es wohl neue Besitzer geben? Man brauchte sie doch eigentlich gar nicht mehr. Doch sie mussten vorerst bleiben. Unter Aufsicht des Verwalters hielten die verbliebenen Arbeiter den Betrieb am Laufen, bis der neue Besitzer oder die neuen Herren des Landes, wer auch immer das war, das Gut übernehmen würden. Essen wurde rationiert, die Studenten waren zu ihren Eltern zurückbeordert worden, die Universität geschlossen, Extraeinnahmen unmöglich. Im Winter 1917 ging es Emma und den Kindern zum ersten Mal richtig schlecht. Sie verwünschte den Krieg, die Gefangenschaft, sorgte sich um ihre Kinder. Auch in ihrer eigenen Kindheit hatte es Hunger und arme Leute gegeben. Sie erinnerte sich an Mitschüler, die statt Handschuhen morgens von ihrer Mutter zwei heiße Kartoffeln in die Hände gedrückt bekamen. Auf dem Schulweg ersetzten diese Kartoffeln erst die Handschuhe, später waren sie das Frühstück dieser Kinder. Wie hatte sie diese Armen damals immer bedauert. Aber die hatten ihre Eltern, ihre Freunde, ihre Heimat gehabt, waren reich gewesen im Vergleich zu ihren eigenen Kindern jetzt. Sehnsuchtsvoll brachte sie ihnen die ostpreußischen Lieder »Land der dunklen Wälder« oder auch »Ännchen von Tarau« bei, in der Hoffnung, Erinnerungen wach zu halten oder zu wecken. Sie hätte sich eine andere Jugendzeit für ihre Kinder gewünscht. Was hatten die außer ihrem Leben schon? Es war schon jetzt voller Arbeit. Wo blieben Spiel und Spaß? Wo blieb das Lernen für eine Zukunft? Hatten ihre Kinder überhaupt eine Zukunft? Ja gewiss, auch zu Hause hätten sie arbeiten müssen, trotzdem war es etwas anderes, für sich selber oder zum Wohlbefinden der Familie etwas zu tun, oder eben wie hier, Verpflichtungen im fremden Haushalt zu haben. Kriegskinder mussten zu schnell und auch grausam erwachsen werden. Die Zeiten der zärtlichen Zuwendungen, der Streicheleinheiten, der Spiele, des Lernens, der lehrreichen Freundschaften gab es hier nicht. Ihre Kinder schummelten sich so durch, ohne die Möglichkeiten der Erfüllung kleiner Wünsche und Sehnsüchte, wie das bei Kindern eigentlich normal gewesen wäre. Viele Ängste gab es für sie, wenig Liebe, und es war in ihren Augen der Krieg, der ihren Kindern ein unbeschwertes Heranwachsen mit Familie, Heimat und Freunden gestohlen hatte. Wie viele waren in und an diesem Krieg gestorben, wie viele Eltern oder Waisen allein geblieben? War die Macht, die große Politik, so etwas wert? Für wen war er gut, dieser Krieg? So viele Fragen und keine lohnende Antwort.

Und dann!

Und dann kam mitten in ihren Sorgen plötzlich die Wende. Der Krieg war zu Ende! Noch kein Friedensvertrag, aber ein Ende des Krieges. Nach all den Jahren Mord und Totschlag war nun Frieden eingekehrt. Die Kinder und sie weinten und lachten vor Freude. Emmas Hoffnungen, nach Hause, nach Deutschland, entlassen zu werden, stiegen ins Unermessliche. Jetzt musste es bald klappen. Nadja, mit der Emma immer in Kontakt geblieben war, unterstützte Emma bei ihren Behördengängen, weil Emmas Russischkenntnisse nicht für die Behördensprache ausreichten. Sie wurden registriert als Heimkehrer, durften nach Hause schreiben, ein Foto von ihnen allen machen lassen und dem Vater schicken. Eigentlich wollte Emma es gar nicht abschicken, alt und verhärmt, wie sie darauf aussah, aber Kriegszeiten hinterließen eben ihre Spuren, auch in den Gesichtern der Menschen, das würde Emil wissen, und er würde sich denken können, wo all die waren, die er vergeblich auf dem Foto suchen mochte. Emil sah sicherlich auch nicht mehr so frisch und jugendlich aus wie früher. Ob er überhaupt noch lebte? So ging also das Foto doch auf die Reise nach Hause. Eine Antwort kam jedoch nicht, weder von Emil noch von den Behörden.

Immer hatten sie alle gewartet und gewartet auf die Ausreisegenehmigung. Und dann kam sie ganz plötzlich. In einem behördlichen Brief teilte man ihnen mit, wann und wo sie sich einzufinden hätten. Wenn sie dann eine bestimmte Summe pro Person leisten könnten, würde man sie nach Hause schicken. Im Frühling 1919 war ihre Wartezeit endlich vorbei. Wie gut, dass die Mutter auf unnötiges Ausgeben streng geachtet hatte. Emma hatte es in den Jahren so weitergeführt. Das Sparen jedes einzelnen Pfennigs half ihnen jetzt. Nun konnten sie ohne Verzögerung nach Hause.

Eine ganze Gruppe Deutscher würde von Saratov aus starten und unterwegs weitere ehemalige Gefangene mitnehmen. Emma erledigte die Formalitäten, bezahlte, wartete wieder. Es blieb ihr sogar noch ganz schön Geld übrig. Für all ihre Lieben, hier Verstorbenen, hätte es aber wohl nicht gereicht. Sie kaufte unter der Hand Lebensmittel für die Reise, bekam von Nadja Küsse, Tränen und Würste geschenkt, dazu mancherlei Gewürze sowie Rezepte, an die sie sich in den Jahren gewöhnt hatte und die sie an Nadja erinnern sollten. Der ehemalige Herr schenkte den Kindern russische Bücher, Emma bekam eine Landkarte, um zu Hause zeigen zu können, wo sie gewesen war. Als wenn er geahnt hatte, dass dies schon ihr Wunsch gewesen war, als sie vor vielen Jahren hier angekommen waren. Sogar die meist unsichtbar gebliebene Hausfrau gab ihr ein kleines goldenes Medaillon an einer Kette mit einem Bildchen vom kleinen Igor, als Erinnerung für Gertrud. Emma staunte, dass die stolze Frau Gertruds Zuneigung zu Igor überhaupt registriert hatte. Oder war das jetzt die Ungewissheit des eigenen Schicksals? Emma würde es nun nie mehr erfahren. Igor wischte verstohlen die Tränen fort, als er seine Gertrud nun für immer verlieren sollte, aber er war ja mit seinen zehn Jahren nun schon fast ein junger Mann. Seine Kinderspielzeit war mit Gertruds Heimreise nun endgültig vorbei, auch die Erzieherin und Gesellschafterin waren schon entlassen worden. Viele Sachen zu packen hatten Emma und ihre Kinder nicht, manches aus Deutschland verschenkte sie jetzt als Andenken, auch die Kinder durften ihren Freunden etwas geben. Nach der Verabschiedung in der Kirchengemeinde wurden sie zum Bahnhof gebracht. Welch ein Unterschied zum Empfang vor knapp fünf Jahren. Jetzt war sie, neben der Erwartungsfreude, auch traurig, gehen zu müssen. Einige von denen, die hier zurückbleiben würden, könnte sie nun nie mehr im Leben wiedersehen. Gute vier Jahre waren eine lange Zeit, sie hatte sich an so manch ein Gesicht gewöhnt und der Ausdruck »nie mehr« stieß ihr bitter auf. Wie merkwürdig, sie war auch traurig, Saratov »nie mehr« in ihrem Leben zu sehen. Aber Emma wollte nach Hause, nach Ostpreußen, nach Adomischken zu ihrem hoffentlich gesunden Schatz. Sie glaubte, dass sie es sicher gespürt hätte, wenn ihm etwas Ernstes zugestoßen wäre, auch wenn sie es damals nicht geahnt hatte, als ihre halbe Familie am Flecktyphus gestorben war. Aber vielleicht lebte er auch und war ein Krüppel. Und wie schlimm würde es jetzt zu Hause nach dem Krieg aussehen? Möglicherweise war alles zerstört im Ort? Standen ihr Haus, ihr Hof überhaupt noch? Welche Nachbarn, Freunde, Verwandte würde sie noch finden? Gab es noch etwas von den im Garten eingegrabenen Hausutensilien? Würde sie ihre alte Bibel je wieder in den Händen halten? Emmas Herz schlug manchmal bedrückt, oft aber in guter Erwartung freudig und aufgeregt. Würden die Kinder den Vater wiedererkennen, würde er sie noch mögen? Aber er war immer ein treuer Mann, ein guter Vater gewesen, das würde sich nicht geändert haben, die Kinder liebte er. Endlich, endlich ging es nach Hause.

Sie waren ewig unterwegs. Die langen Zeiten in den Zügen, das Abgeschobenwerden auf Nebengleise, das ständige Warten auf die Weiterfahrt, der Hunger, die Quarantäne und Entlausungsaufenthalte an den Grenzen nervten unendlich und wollten schier kein Ende nehmen. Das Fotografieren der Kinder zum »Willkommen« in Deutschland, alles schwirrte an Emma vorbei. Nach Hause, sie wollte nichts als endlich nach Hause zu Emil und ihrem Heim.

Durchsetzungsvermögen

So war das nun. Sie starrte in die Dunkelheit, lautlos liefen schon wieder Tränen über ihr Gesicht. Erschöpfung, Müdigkeit, Erschlaffung, es war alles egal. Emma lag wieder in ihrem Bett, ja es gab es noch, ihr Zuhause, ihr Bett. Doch alles, aber auch alles hatte sie sich nach ihrer Heimkehr anders vorgestellt, nach all den Jahren der Strapazen, all den Hoffnungen und Träumen.

Sie waren erst am Abend angekommen. Von Szugken aus waren sie das letzte Stück des Weges gelaufen. Es wurde schon dunkel, Licht aus dem Haus hatte ihnen verraten, dass Emil, ihr in langen einsamen Jahren ersehnter Schatz, zu Hause sein musste. Wie war Emma erleichtert gewesen, vom Fuhrmann, der sie und die Kinder aus Memel hergebracht hatte, zu hören, er glaube, der Herr Gehlhaar sei wohl gut aus dem Krieg zurück. Und nun war da Licht im Haus, Emil war also daheim, wie schön. Oder wohnten jetzt Fremde dort? Nur, der Krieg war ja vorbei, hier wohnten keine Fremden mehr. Adomischken gab es noch. Und ihr Haus gab es noch. Konnte vielleicht alles wieder so werden wie früher? Endlich hatten sie alle ihr Zuhause wieder.

Leise, leise, noch auf dem Hof kichernd, sich freuend über Vaters sicher erstauntes Gesicht, wegen der Überraschung, die sie ihm bereiten wollten, traten sie vorsichtig in die Stube. Ihr Liebster würde staunen! In der Stube aber saß, breit auf Emmas Platz, eine jüngere, ihr völlig fremde Frau und strickte. Emil, in einem Buch lesend, lag auf dem Sofa, eine Familienidylle. Hatte sich Emil eine Haushälterin genommen? Aber dann blieb Emmas Blick an ihrem Mann hängen. Nie mehr in ihrem Leben würde Emma vergessen, wie sich auf Emils Gesicht, nach dem Ärger über die Störung, nicht etwa Freude, sondern Erschrecken breitmachte, nachdem er seine Familie erkannt hatte. Nicht Liebe, sondern so etwas wie Furcht oder gar Angst las sie in seinen Augen. Emma verstand alles. Sein schlechtes Gewissen stand ihm ins Gesicht geschrieben. Er hatte sie alle innerlich abgemeldet, sich getröstet, sie alle anscheinend vergessen, es sich gut gehen lassen. Wut machte sich in Emma breit. Während sie die Nöte eines ganzen Lebens in diesen fast fünf Jahren hinter sich gebracht hatte, hatte ihr ach so lieber Schatz nach der Heimkehr die Zeit nicht etwa damit verbracht, den Hof wieder herzurichten, zu arbeiten, zu trauern und zu warten auf seine Lieben, so wie sie es getan hätte, nein, er war zur Tagesordnung übergegangen und hatte sich einfach ein neues Leben aufgebaut, eine neue junge Liebste ins Haus geholt. Es tat so weh. Waren Männer so? Emmas Gedanken flogen, fünf Jahre waren allemal eine lange Zeit für einen potenten Mann wie Emil, irgendwo versuchte sie ihn zu verstehen, hier aber gehörte sie her, es war ihr Zuhause, ihr gehörte zum Glück alles. Sie selber und die Kinder hatten genug gelitten. Wie in Trance trugen ihre Füße sie nach draußen, der Hofbesen stand, wo er immer gestanden hatte. Emma ergriff ihn, ging zurück in die Stube und, ohne auch nur ein Wort gesprochen zu haben, kehrte sie die neue Frau aus dem Haus, vom Grundstück, ihr kaum Zeit lassend, ein Tuch umzunehmen. Zurückgekommen sagte sie: »Nun überleg es dir, willst du zu ihr oder zu uns gehören? Also, dann geh oder bleib!« Auch Emil hatte nicht gesprochen, aber er blieb, immerhin. Wohl begrüßten die Kinder ihren Vater, umhalsten ihn und erzählten viel. Emma aber konnte nicht, starr und steif saß sie dabei. Die Hoffnung hatte sie am Leben erhalten, nun gab es keine mehr. Würde sie nun sterben?

Nun lag sie in ihrem Ehebett und weinte über ihre enttäuschten Wünsche, ihre verlorene Liebe, ihr sicher für immer gestorbenes Vertrauen. Wie ungerecht war das Leben! Was erwartete sie denn? Die Hoffnung, wieder nach Hause zu kommen, hatte sie am Leben gehalten. Nun war sie zu Hause, und nichts war mehr so, wie sie es verlassen hatte. Ja, sie hatte mit Zerstörungen durch den Krieg gerechnet, hier aber war mehr zerstört, eine gläubige hingebungsvolle Liebe, ihre Liebe. Sie waren in ihrem Haus, aber es war kein wirkliches Zuhause mehr. Hätte sie mit den Kindern in Russland bleiben sollen? Nein, nie und nimmer! Aber hier waren sie und die Kinder unerwünscht, sie wurden hier nicht mehr gebraucht. Sie waren im eigenen Heim zu Störenfrieden geworden. Aber vielleicht war es auch umgekehrt. Vielleicht wurde ja auch der »liebe« Emil nicht mehr gebraucht? Sie konnte nicht mehr klar denken, sie würde morgen entscheiden. Emma war müde und erschöpft, was würde ihr bevorstehen außer Arbeit, Arbeit, Arbeit und ein Leben ohne Zärtlichkeit und Vertrauen. Ihren Emil hatte sie jedenfalls vorerst aus dem gemeinsamen Schlafraum verbannt. Der saß im Ausgedingehäuschen der Eltern. Sorgen und Ängste hatten sie angegriffen, nun war sie lustlos. Das Leben, ihre Seele waren gefangen in einer zu hart gewordenen Schale, konnten nicht mehr atmen. Eigentlich war sie tot, so fühlte sich Emma heute, an dem Tag, nach dem sie sich am meisten gesehnt hatte, in ihrem so lange ersehnten Ehebett. Konnte ein Mensch an Kummer sterben? Konnte eine Seele ersticken?

Im Grünen

von Max Gemmel

Wir sollten mehr mit nackten Füßen gehen,
vom würz'gen Tau die Haut uns lassen netzen.
Und schon allein, um uns nicht zu verletzen,
würden wir mehr, wohin wir treten, sehn.

Und vieles Zarte, was da spross und kriecht,
dem wohl ein scharfer Tritt den Tod gegeben,
richtet sich wieder auf und bleibt am Leben,
denn weiche Sohlen mindern das Gewicht.

Würden wohl auch mehr Feingefühl erwerben,
dass wir uns vorsehen, Herzen nicht zu kränken,
und die notwendigsten Tritte so zu lenken,
dass die Getroffenen nicht darunter sterben.

Wenn man nicht stirbt, dann geht das Leben weiter, ob man will oder nicht

Emma starb nicht. Ohne zu reden, machten sie einfach weiter. Es gab so viel zu tun. Die traute Zweisamkeit, ihre Gespräche gab es nicht mehr, jeder funktionierte irgendwie und war meist für sich allein. Emma und Emil lebten nur noch nebeneinander, aber sie lebten. Die Zeiten waren schlecht, nicht nur im Hause Gehlhaar, sondern im Nachkriegsdeutschland allgemein. Das Ende des Ersten Weltkrieges war nicht nur auch das Ende der Monarchiezeiten, es war auch der Beginn der Demokratie in Deutschland.

In Russland war der Zar gegangen, auch hier gab es keine Monarchie mehr. Den Kaiser hatten seine eigenen Berater gezwungen, abzutreten, damit er nicht vom Arbeiter- und Soldatenrat Schlimmeres erfuhr. Er lebte nun in Holland. Deutschland befand sich allerorts im Umbruch. Ostpreußen speziell hatte Schweres hinter sich und, wie es schien, auch noch vor sich. Der Krieg war verloren, die Siegermächte hatten einen Teil Ostpreußens an Litauen abgegeben. Sie hier oben im ehemaligen Memelgebiet gehörten dazu. Sollten sie jetzt Litauer sein? Es war ihr egal, Emma blieb Ostpreußin. Nur per Schiff oder mit der Bahn konnte man noch nach Deutschland. Ein fremder Korridor schob sich durch die alte Heimat. Ein Korridor, der nicht mehr zu Deutschland gehörte. Emma war es gleich, Litauen oder Deutschland, sie hatte in ihrem Leben nichts mehr vor, sie war für ihre Kinder, ihren Hof da, arbeitete von früh bis spät und registrierte kaum die Weltpolitik und schon gar nicht Emils schüchterne Wiedergutmachungsversuche. Was sie genoss, war, dass sie sich wieder pflegen, waschen, baden eincremen konnte. Wie früher kochte sie selber Seife, legte Lavendelkissen in alle Schränke und Truhen. Einfach zur gewohnten Tagesordnung übergehen, das war ihr Rezept. Viele der ehemaligen Nachbarn kamen zurück, doch längst nicht alle. Tod, Kummer, Tränen um Verlorenes gab es überall. Aber sie hatten alle ihr Zuhause wieder und konnten neu beginnen. Die alten Sitten, wie das gemeinsame Arbeiten, das Federnreißen, Backen, Vorbereiten von Feiern, Dreschen in der Tenne, gingen genau wie vor dem Krieg weiter. Beim Dreschen wurden die Körner mit Holzflegeln herausgelöst, das waren Holzstangen mit einer festen Lederschlaufe am Ende, an der wiederum ein fester langer Eichenholzvierkant hing. Eine große Decke lag auf dem Tennenboden, darüber ein aufgeschütteter Ährenberg, aus dem mehrere Männer in der Runde die Körner schlugen. Das leere Stroh wurde entfernt, die Körner in Sieben dem Wind ausgesetzt, geschüttelt, und so ließ man dem Wind die Arbeit, die Spreu vom Korn zu trennen. Dann wurde es in Säcke geschüttet, und von Neuem ging es mit einem frischen Ährenberg weiter, solange man Zeit hatte oder bis die Arbeit getan war.

Die Kinder waren eingeschult, und wie es auf dem Lande so ging, waren alle Gehlhaars in eine Klasse, aber mit unterschiedlichem Unterrichtsstoff gekommen. Meta und Frieda kamen ja zum ersten Mal in eine Schule, jetzt mit elf und zehn Jahren.

Schon nach einem Jahr verließ Gertrud, die älteste der Geschwister, aus Altersgründen die Schule. Sie hatte mit Igor viel mitgelernt. Die übrigen Kinder hatten ihre liebe Not, die versäumten Schuljahre zu überbrücken, sicher, sie mussten in Russland bei Gertrud und der Mutter lesen und schreiben lernen, lasen auch alle gern, da es ihr einziger Zeitvertreib war, aber sonst? Adolf sehnte sich nach seinem freien Leben in Saratov, Meta und Frieda hingegen lernten, bis die Köpfe rauchten. Die Einzige, der die alte, »neue« Heimat Ostpreußen richtig gefiel, war Gertrud. Sie, die etwas Angst vor Deutschland gehabt hatte, lachte jetzt. Die Landarbeit war ihr ein Gräuel, Igor zu betreuen hatte ihr gut gefallen. So wusste sie nun genau, was sie wollte. Sie hatte sich erkundigt und erfahren, dass es in Memel eine neu eröffnete Fröbelsche Kindergärtnerinnenschule gab. Auch Hilfserzieherinnen wurden im Schnellverfahren ausgebildet. Memel hatte schon nach dem großen Brand von 1854 eine rege Bautätigkeit erfahren, eine neue moderne Stadt war entstanden, mit einem modernen Hafen, der auch im letzten Krieg erhalten geblieben war. Memel wuchs unaufhaltsam. Hier wohnte Gertrud bald nach ihrer Heimkehr bei entfernten Verwandten und ließ sich in einer Fachschule zur Kindergärtnerin beziehungsweise Helferin ausbilden. Vielerlei Spiele, Basteln, Singen, Sport, Deutsch und Rechnen hatte sie in der Schule als Unterrichtsfächer. Im praktischen Teil waren die Schülerinnen oft in Kindergärten, um das Gelernte gleich an kleinen Kindern auszuprobieren. Zehn Erzieherinnen kamen auf dreißig Kinder. Die Mütter konnten beruhigt ihrer Arbeit nachgehen. Gertrud war rundum glücklich, durfte sie doch einen Beruf erlernen und dann auch noch einen, zu dem sie sich hingezogen fühlte. In der ganzen Provinz wurden jetzt solche Fröbelschen Spielschulen eröffnet, damit die Mütter arbeiten gehen konnten. Die jungen Frauen wurden überall gebraucht, da die Männer zu großen Teilen im Krieg umgekommen waren. Ja, wenigstens Gertrud ging es gut, an den Wochenenden fuhr sie nach Hause, wo neben den Geschwistern und Eltern die ungeliebte Garten- und Feldarbeit auf sie wartete, aber auch das ersehnte Leben in der Familie.

Der Vater war in diesen schweren Nachkriegszeiten tageweise als Holzfäller im Wald beschäftigt. Fast gleich bei Adomischken gab es dichten guten Wald, dort wurde Holz geerntet. Für neue Öfen hatten die Menschen nirgends Geld, wer seine Familie ernähren musste, konnte nicht wählerisch sein. Schwere

Arbeit war das im Wald und sehr gefährlich. Ein guter Nachbar, der im Wald mit seinem Pferd gefällte Baumstämme zum Wagen zog, hatte eines Tages sein Pferd zu Höchstleistungen antreiben müssen, da sich der zu transportierende Baum quer zwischen zwei Bäume geklemmt hatte. Wie auch immer es geschehen war, der gezogene Baum kam frei, schnellte mit aller Kraft nach vorn und fuhr ungebremst dem Nachbarn in den Rücken. Der Arzt, der später nur noch den Totenschein ausstellen konnte, meinte: »So etwas habe ich noch nie gesehen, der Mensch hatte keinen einzigen heilen Knochen mehr im Leibe, einige waren pulverisiert, und dabei hat er noch fast eine Stunde gelebt.« Ein anderer Arbeitskollege hatte seine Tagesverpflegung vergessen, die Waldarbeiter nahmen von zu Hause am Morgen gewöhnlich eine Kasserolle mit geschichtetem Inhalt mit: unten rohes Fleisch, am besten Eisbein, darüber Sauerkraut oder Ähnliches, darüber geschälte rohe Kartoffeln, alles gewürzt und zu zwei Dritteln mit Wasser oder Brühe aufgegossen. Diese gefüllte Kasserolle hängten alle Arbeiter am Morgen über ein Feuer im Wald, das sie abgesichert, das heißt, mit Sand umschüttet hatten. Sie ließen sie während der Arbeit hängen, ab und zu wurde Holz nachgelegt. Mittags dann war alles längst gar und das »Holzschläger-Mittag« konnte gegessen werden. Seitlich am Feuer standen ihre Metallkannen mit Tee, Wasser oder Malzkaffee, es war ihr Trinken für den ganzen Tag und besonders im Winter wichtig. Dieser Herr G. hatte seine Ration wie gesagt vergessen und trank, da er sehr durstig war, aus einer stehenden Wasserpfütze. Ob nun das Wasser zu kalt oder Keime von Tieren darin enthalten waren, ruck, zuck bekam er ein unbekanntes Fieber, eine Lungenentzündung, vermuteten die Arbeiter, und verstarb. Niemand konnte es fassen. Seine Frau musste nun ganz alleine ihre gemeinsamen vier Kinder durchbringen, sein Lieblingstöchterchen weinte sich schier die Augen aus. Sein Tod war besonders bitter, da er den Krieg unverletzt überlebt hatte.

Ja, das Arbeiten im Wald hatte seine Schattenseiten, aber es war auch schön, die Natur in den verschiedenen Jahreszeiten hautnah mitzuerleben. An das körperliche Arbeiten hatte Emil sich bald gewöhnt. Im Herbst nahm er, wenn es möglich war, die Kinder mit, die derweil Beeren und Pilze suchten, oft einen ganzen Handwagen voll. In diesen hungrigen Zeiten nach dem Krieg war das eine willkommene und kostenlose Abwechslung auf dem Speisezettel. Für den Winter wurde von dem Gesammelten tüchtig Getrocknetes oder sauer Eingelegtes vorbereitet. Wenn es nur genug Kartoffeln gab, irgendetwas dazu fand sich mit Hilfe der Natur meistens. Kartoffelklöße mit Trockenobst, Bratkartoffeln und saure Pilze, selbst gemachte Nudeln und Trockenpilzsoße mit Schmant, ein Festessen. Im Winter dann folgte die regelmäßige Eiserntе für die Bunker und das gemeinsame Riedgrasschneiden am See, das man zum Ausbessern oder Neudecken von Stall und Hüttendächern brauchte.

Das Zuhause zwischen 1925 und 1933

In den sechs Jahren nach ihrer Heimkehr war viel geschehen. Das Memelland stand zwar unter französischer Kommandantur, aber es wurde doch von den Alliierten weitestgehend vernachlässigt. Litauische Freischärler in Zivil entmachteten in einem kurzen Handstreich, mit nur einigen Toten, die Franzosen und besetzten das Memelland. Die Alliierten waren zufrieden. So kam es, dass das Memelland nun unter litauische Herrschaft kam, aber trotzdem, nach einer Entscheidung der Bevölkerung, weiterhin in Sprache und Verwaltung deutsch blieb. Man hatte jetzt eine »Rentenmark« in Ostpreußen. Ihre Heimat nannte sich jetzt Litauen, die Behördenstadt war nun Tauroggen für sie. Fremde Menschen mieteten oder kauften die nach dem Krieg leer stehenden Gebäude und Grundstücke. Großgrundbesitze wurden zerteilt und an Kleinbauern abgegeben. Ein breiter Landstreifen wurde, wie schon erwähnt, polnischer Korridor, zog sich mitten durch das ehemalige Ostpreußen, machte einen Besuch von Verwandten in Berlin zu einer umständlichen Reise. Hier oben, an der ehemalig litauischen Grenze, ermöglichte der kleine Grenzverkehr manches, was in der Nähe erledigt werden musste, zum Beispiel selbst erzeugte Ware auf den Markt nach Tilsit zu bringen. Die Heimat von früher aber war zerrissen. Und die Kinder auf den Straßen sangen das satirische Lied:

Mariechenkäfer fliege,
Vater ist im Kriege,
Mutter ist in Pommerland,
Pommerland ist abgebrannt,
Mariechenkäfer fliege!

Es war schon ein Weilchen her, dass Pommerland abgebrannt war, wirtschaftlich aber war es immer noch überall zu spüren, die einstmals guten Zeiten waren vorbei. Vieles auf dem Hof hatten sie verändert, die Spuren des Krieges auf dem Grundstück waren, so gut es ging, durch Reparaturen oder Neuanschaffungen beseitigt. Jedoch, wie vor dem Krieg würde es wohl so bald nicht mehr werden. Man lief jetzt allgemein auf selbst gefertigten »Schlorren« aus Holz und Leder. Die Kleidung wurde geflickt, und es wurden verschiedene Stoffe verwendet, um die Kleider der Mädchen deren Wachstum anzupassen. Mehr denn je war man Selbstversorger und aß einfache Gerichte, die das Land hergab. Auch das Spinnen von Schafwolle nahm man gern in Kauf. Flachs war jetzt ein beliebtes Anbauprodukt. Aus ihm stellte man Öl für den Haushalt und sogenannten Leinkuchen her, das war der Rückstand vom Pressen, der als Viehfutter Verwendung fand. Zudem konnte man den Flachs nach dem Aufbrechen, Klopfen und Durchhecheln zum Spinnen verwenden. Aus dem fertigen Garn wurden einfache Tuche gewebt. Handtücher, Bettwäsche, Schürzen und Röcke konnte man so sehr gut selber der Natur abringen. Auch die beliebten Flickenteppiche, bei denen in Streifen geschnittene alte Kleidung als Schussfadenersatz in den Stoff hineingewebt wurde, stellte man verstärkt her. Die Winter waren lang, da war es gut, wenn Fußböden und Wände innen geschützt wurden. Das alles fiel neben den täglichen Anforderungen eines Bauernhofes an. Jünger und hübscher wurde Emma nicht davon.

Kleine Freuden gab es aber auch. Emma hatte von dem vor dem Krieg eingegrabenen guten Geschirr und Leinen noch etwas wiedergefunden. Das war wie ein kleiner Gewinn, ja ein richtiges Geschenk an den Haushalt gewesen. Leider blieb die wertvolle alte Familienbibel unauffindbar, das war ein großer Verlust für die ganze Familie. Gut, dass es ihre Eltern nicht mehr erlebten, hingen sie doch so sehr an diesem alten Erbstück, überhaupt am Überlieferten. Ihr Vater hätte sich noch mehr gegrämt, als Emma es schon tat. Trotz der schlechten Zeiten wurde bei Gehlhaars wieder musiziert. Die Kinder spielten alle mehrere Instrumente, zwar laienhaft, aber gut genug, dass man es gern anhörte und mitsang. An den langen Winterabenden war ausreichend Zeit dafür. Nicht nur Emil, nein, auch die junge Verwandtschaft hörte und lernte viele der mitgebrachten russischen Volksweisen. An Sommerabenden klangen die gesungenen und gespielten Lieder weit über die Felder Adomischkens, das waren immer schöne Stunden.

Mit Nachbarn und Ida Faesel, einer Cousine aus dem Ort, wurden gern Badefahrten mit dem Fahrrad, zur Memel unternommen. Im Winter gab es oft Schlittenfahrten über das verschneite Land. Die Jugend versuchte, wie in allen Zeiten und überall auf der Welt, ihren Spaß zu bekommen, wenn dieser jetzt auch sehr bescheiden war.

Ein bisschen wurde getratscht und geschmunzelt über so manches Ereignis im Ort. Da gab es eine Nachbarin. Über die wunderschönen Liebesbriefe, die ihr Mann ihr schrieb, weinten so manche Frauen des Ortes vor Rührung. Liebesbriefe eines Dichters. War der gefühlvolle Briefschreiber dann aber wieder einmal da, gab es Krach. Sie schlugen sich vor allen Leuten, schimpften und schrien einander an, konnten sich nur aus der Ferne lieben. Kaum waren sie dann wieder getrennt, zogen erneut wunderschöne Liebesbriefe hin und her. Das war schon merkwürdig und für die anderen im Ort komisch. Auf jeden Fall bot es immer abwechslungsreichen Dorfklatsch.

Da gab es aber noch mehr zu hören. Eine entfernte Verwandte gab es, die ihren kleinen Sohn immer verhätschelt hatte. Derselbe hatte nie Lust, in die Schule zu gehen. »Muttchen, ich bleibe lieber bei dir!« »Muttchen« gab immer wieder nach und das Söhnchen blieb zu Hause. Jetzt, nach dem Krieg, als Erwachsener schimpfte er oft für alle hörbar: »Du hättest es als

Mutter besser wissen müssen. Du hättest mich zur Schule prügeln sollen, wenn es nötig war. Jetzt ist mein ganzer Lebensweg versaut!« Im Krieg hatte er sich nämlich als einfacher Soldat mehrfach hervorgetan und man wollte ihn auf eine Offiziersschule schicken. Es ging aber nicht, denn ohne abgeschlossene Grundschulbildung war das unmöglich. Eine große, finanziell abgesicherte Laufbahn war verdorben. Sie, die Mutter, resignierte dann: »Ja, ja, wie man es macht, ist es verkehrt, den Kindern kann man es nicht recht machen.« So gab es manch falsch gelaufenes Schicksal nach dem großen Krieg.

Emmas Lieblingsbruder Adolf in Berlin war zwar auf dem Wege, Millionär zu werden, aber er schien der Einzige in der Familie, dem es wirtschaftlich, womit auch immer erworben, gut ging. Ansonsten lebte er nach wie vor einschichtig. Sparsamkeit und große Radtouren waren immer noch seine großen Leidenschaften. Er war und blieb der Sonderling der Familie. Alle meinten: »Warum will er so reich werden, wenn er gar kein Geld braucht?«

Der Familie insgesamt ging es nicht mehr so gut. Die Absatzmärkte in Ostpreußen waren weggebrochen, viele Bauern produzierten nur für den eigenen Bedarf, so auch Emma. Trotzdem, der Bunker im Garten war nie mehr so voll wie in alten Vorkriegszeiten. Die großen Kinder verbrauchten schnell das bisschen, was da war. Zum Glück lieferte die Natur weiterhin mancherlei zusätzlich. Ostpreußen war reich an Beeren und Pilzen, an Hasen, Fischen und Wasservögeln. Da Viehzucht und Ackerbau wenig einbrachten, bauten die Leute, wie gesagt, hauptsächlich an, was sie selber brauchten oder auf den Märkten, besonders in Tauroggen, absetzen konnten. Jungvieh zu kaufen, um es aufziehen zu können, war teuer. Futtermittel gingen ins Geld und so beschränkten sich auch Gehlhaars auf die allernotwendigste Aufzucht.

Stricken, Häkeln, Nähen, überhaupt Selberherstellen der

Dinge, die im Haus benötigt wurden, war in allen Bereichen angesagt. Emils und Adolfs Geschicklichkeit zahlte sich immer wieder aus. Für jeden selbst geflochtenen Korb, jedes Möbelstück oder anderes wurden sie von ihren »Damen« im Haushalt tagelang gelobt. Von den Geschicklichkeiten der Frauen sprach man nicht, die waren selbstverständlich. Geschenke zu den diversen Feiertagen wurden alle selber fabriziert. Die gelernten Feinstickereien aus Russland kamen jetzt voll zum Einsatz. Emma holte Nadjas Rezepte hervor und dachte gern an sie zurück. Die Teigtaschen aus der russischen Küche waren als Mitbringsel mehr als beliebt. Alle Verwandten freuten sich in diesen Zeiten über so edle Dinge. Auch die Männer des Hauses gingen großzügig darüber hinweg, was die Frauen alles zustande brachten, nur wenn sie praktisch aus dem Nichts etwas Gutes gekocht bekamen, das wurde bemerkt.

Emmas Sohn Adolf war Schreiner geworden und hatte, geschickt, wie er war, für seine Mutter eine neue komplette Küche gebaut. Es war Emmas ganzer Stolz. Meta und Frieda halfen tüchtig zu Hause, Gertrud arbeitete in einem Fröbelkindergarten.

Und noch eine Neuerung hatte es in den vergangenen Jahren gegeben. Emil war inzwischen wieder in die Schlafstube, in sein Ehebett gezogen. Emma hatte, nicht der Liebe, sondern um des lieben Friedens willen, nachgegeben. Nachgegeben in allem. Der Mensch kann oder sollte auf Dauer nicht ohne Zuwendung leben, auch wenn diese nur geborgt ist. Sie und Emil gehörten nun einmal zusammen, warum sich das Leben extra schwer machen? Ein Ersatz in der Liebe ist immerhin besser als gar nichts. Dieser Ersatz hatte Emma so weit gebracht, dass sie nun auf ihre alten Tage wieder schwanger war. Auch das noch! Sie war nicht »guter Hoffnung« am Anfang, eher verärgert. Würde es wenigstens ein Mädchen werden? Die waren pflegeleichter. Nun ja, ein Junge wäre wohl am Ende auch recht,

146

blieb Adolf nicht so allein in der Schwesternrunde. Alle Leute würden denken, eines ihrer Mädchen hätte ein Kind gekriegt. Emma fühlte sich schon viel zu alt dazu. 47 Jahre war Emma nun und hatte nicht mehr mit einer Schwangerschaft gerechnet. Ihr Vater hätte gesagt: »Die Störche, die in Ostpreußen die Kinder verteilten, haben sich sicherlich verflogen.« Wenn man bedenkt, wie viele junge Paare auf ein Kind warteten. Wie kamen die Störche dazu, ihnen ein Kinderbündel überm Haus fallen zu lassen? Tja, es gab wohl einfach zu viele hier in Ostpreußen, die wollten nicht arbeitslos sein, so bekamen halt auch die Familien etwas ab, die nicht mehr damit rechneten. Nun war es einmal so und musste genommen werden.

Überhaupt, ihr Vater, er hätte sich gefreut, hätte gesagt: »Mädel, der liebe Gott schickt dir Ersatz für deine verlorenen Babys, die Liebe zu Emil ist nicht mehr so was Direktes fürs Herz, die Großen sind bald alle aus dem Haus, nun kriegst du noch mal was zum Liebhaben, ist doch prächtig.« Ja, so wollte sie es sehen, dieses neue Kind, es war extra für sie persönlich geschickt, ihrer Liebe wieder ein Ziel zu geben.

Am 25.06.1925 wurde dem Ehepaar Emil und Emma Gehlhaar in Adomischken ein verspäteter letzter Sohn geboren, ein Nachzügler, sagten die Leute. Ein lieber Nachzügler, Benno mit Namen. Leider liebte nicht nur Emma ihren Benno von ganzem Herzen, alle »Damen« des Hauses verwöhnten ihn und der Vater sowie Bruder Adolf sahen ihm alles nach. So von allen verhätschelt, war es kein Wunder, dass es sehr oft ganz hübsch nach seinem kleinen Köpfchen gehen musste. Gertrud warnte, aber wer hört schon auf eine Kindergärtnerin? Noch dazu, wenn sie nicht einmal selber ein Kind hatte. »Krieg du erst mal selber ein Baby, dann reden wir weiter.«

Der eigenwillige kleine Benno, ein Trotzkopf, der alles gern so machte, wie er es wollte, da war der Dickkopf vorprogrammiert. Aber er blieb ein Schelm, wickelte alle um den Finger, war trotzdem lieb und gut zu leiden, da er alles mit Frohsinn tat. Benno erinnerte alle Erwachsenen so sehr an den Opa Mathias, den Frohsinn hatte er von ihm. Mathias hatten ja auch alle gemocht, die mit ihm zu tun hatten, obwohl auch er seinen starken Willen stets durchgesetzt hatte. Benno aber wusste nichts von dem Großvater. Für die Enkel sind diese unbekannten »Ahnen« eine fremde Welt. Im eigenen Alter erst spüren sie, wie nahe die Lebenszeit der Ahnen doch eigentlich an ihrem eigenen Leben gewesen war. Benno aber war noch klein, ein Großvater war für ihn ein fremdes Wesen. Seine, Bennos Welt, war jetzt. Es waren die Eltern, die Geschwister, Freunde und Nachbarn. Alle liebten ihren Kleinen.

»Gott straft die kleinen Sünden gleich, Gott sieht alles«, sagte ihm der Vater oft, wenn es wieder einmal nötig schien und er durch seinen Eigenwillen in »Situationen« gekommen war. Benno passierte oft etwas, andere Kinder sprangen über einen Baumstamm, Benno fiel über einen Strohhalm, wenn es sich so ergab. Er nahm jede Krankheit mit, die er bekommen konnte, und trug nach den Kabbeleien mit den Nachbarskindern die meisten Wunden nach Hause. Im Frühling 1932, alle Dorfkinder planschten fröhlich in der ca. einen Kilometer entfernten Jura, dem schmalen, aber durch einige Strudel etwas tückischen Fluss, der hinter dem Dorf entlangfloss und auch ihren eigenen kleinen Dorfbach, an dem ihr Haus lag, speiste. Benno hatte, wegen einer leichten Erkältung, ein Badeverbot von der Mutter bekommen. Er ging, natürlich heimlich, trotzdem mit den Kindern nicht nur zum Wasser, sondern auch mit hinein. Mutter würde es nicht merken! Warum hatte sie es auch verboten? Aber Emma merkte es, sie musste es merken. Ihr jüngster Liebling wurde ihr mit den Füßen voran ins Haus getragen. Denn Klein Benno war beim verbotenen Baden ertrunken, die Jura hatte wieder einmal einen Tribut gefordert.

Alle spielten und tobten, er war unbemerkt daneben gestorben. Benno war gerade mal sieben Jahre alt geworden.

Was konnte der Tod eines kleinen siebenjährigen Buben in diesen Nachkriegszeiten, wo noch viele gestorben waren und noch immer starben, schon anrichten? Was er anrichtete? Das gemeinsame Ziel der Aufmerksamkeiten, der Liebe aller durch den Krieg entfremdeten Familienmitglieder Gehlhaars gab es nicht mehr. Benno war tot. Der Vater wurde von einem tatkräftigen Mann zu einem ungerechten Frömmler, streng zu seinen Lieben, mit denen er nun täglich mehrfach betete. Die ihm anvertrauten Tiere aber schlug er. Die Geschwister, die auch Bennos wegen noch immer zu Hause gewohnt hatten, stoben nun auseinander und verließen fast alle auf Nimmerwiedersehen die alte Heimat Ostpreußen. Die Älteste hatte es schon immer in die Stadt gezogen, einige Onkel und Tanten lebten in Berlin, also ging sie auch dorthin. Gertrud übernahm in Berlin bei einer wohlhabenden jüdischen Familie die Erziehung der beiden jüngsten Kinder. Adolf ging für Jahre auf Wanderschaft. Er wollte wie Vater, Großvater und einige Onkel etwas von der großen Welt sehen, sich bewähren und viel lernen. Meta zog zu Verwandten, ebenfalls nach Berlin, und bewarb sich als Stepptänzerin, heiratete dann aber bald einen entfernten Cousin mit gleichem Nachnamen. Frieda sorgte sich um die Mutter und blieb zu Hause, wurde so ebenfalls zu einem »späten Mädchen«, welches dann auch bald Haus und Hof erbte, da die Eltern mit nichts mehr etwas zu tun haben wollten.

Frieda lernte nur in der Nachbarschaft etwas Schneiderei. Eine Schulung als Hebamme hatte der Vater untersagt. Zum Chor im Nachbardorf durfte Frieda nur sporadisch, je nachdem, wie ihr jetzt immer strenger Vater gelaunt war.

Die friedliche, erbauliche, schöne Tradition der Hausmusik war bei Gehlhaars gestorben. Lachen und Scherze wurden Fremdworte. Nur dem Fahrrad, das jetzt Ostpreußens junge Generation erobert hatte, war es zu verdanken, dass Frieda einiges von den Nachbarorten und der Memel zu sehen bekam. Sie hatte ja reichlich Cousinen und Cousins, mit denen sie Touren unternahm. Bennos Tod hatte in der Familie gründlich »aufgeräumt«. Und Emma? Mutter Emma wurde krank, kränkelte weitere Jahre, siechte dahin und wurde nicht sehr alt, der Krebs fraß sie auf.

Emmas Abschied

Frieda sorgte sich, die Mutter aß in letzter Zeit so wenig und wenn, dann immer nur das Gleiche. Ihre deftigen Lieblingsgerichte von früher, wie Bratkartoffeln mit Spirgel, Gurken und Heringen, rührte sie schon lange nicht mehr an. Emma wurde immer dünner. Was sollte Frieda tun? Der Arzt sagte wenig, der Vater sorgte sich nicht sonderlich, »Frauen jammern immer!«, war seine Meinung und sie, Frieda, würde bald nicht mehr hier sein. Die Liebe hatte endlich auch bei ihr zugeschlagen. Frieda würde heiraten. Vor einem halben Jahr hatte es ganz harmlos angefangen. Sie war nach Tilsit zum Fotografen gefahren, eine Aufnahme für die Geschwister machen zu lassen. Als sie eine Woche später ihre Fotos abholen wollte, saß da im Vorzimmer ein besserer Herr und wartete auf sie. In ihr Foto, welches ausgestellt war, hatte er sich verguckt. »Wann holt die junge Dame die Bilder ab?«, hatte er den Fotografen gefragt. Dieser verriet es ihm und nun saß er da. Für ihn, Joachim, war es Liebe auf den ersten Blick. Im nächsten Café waren Frieda und der Fremde schnell ins Gespräch gekommen. Sie waren sich sehr sympathisch. Seit zehn Jahren war er Witwer und wollte gern wieder heiraten. Frieda hatte es ihm angetan. Herr Mikoleit besaß einen Gemischtwarenladen in Baltupönen, einem kleinen Ort dicht an der Memel. Von seiner ersten Frau gab es einen inzwischen zwölfjährigen Sohn, dessen Erziehung keine Schwierigkeiten machte, da alle Verwandten im Gebiet auch immer für ihn da waren. Seine Freizeit bestritt Joachim Mikoleit gern mit Freunden bei der Jagd. Die Einwohner hatten ihm ihr Vertrauen geschenkt und so war er seit Jahren auch der Bürgermeister des Ortes Baltupönen. Joachim, kurz Jochen genannt, wollte Frieda in jedem Falle heiraten, es lag nur an ihr, wie lange sie brauchen würde, sich an ihn, seinen Heiratsgedanken und an seinen Sohn zu gewöhnen. Frieda kam sich ein bisschen wie in einem Roman vor. Immer war sie einschichtig und arm, ohne einen Pfennig Verdienst durchs Leben gegangen, und nun, mit dreißig Jahren, kam ein Prinz, sie zu holen. Ganz wie im Märchen war es nun nicht, man hatte schon wieder Krieg in Deutschland. Bis jetzt hatten sie aber zum Glück nichts davon gemerkt, denn Deutschland war fern. Vom Machthaber Hitler, vom Reichstagsbrand, später von der Judenverfolgung, vom Kriegsbeginn oder der sogenannten Geheimwaffe gegen England erfuhren sie hier in ihrem entlegenen Dorf zwar auch, fanden all diese Dinge furchtbar, mussten mit Rationierungen und Wehrpflicht auskommen, aber sonst war dies alles weit weg, ging ihnen nicht wirklich unter die Haut. Das konnte möglichst auch so bleiben. Sollte man in so einer Situation überhaupt heiraten? Liebte sie ihn wirklich, diesen Jochen? Sie hatte schon einmal in jungen Jahren eine Liebe gehabt. Er kam aus einer Schmugglerfamilie. Ihr Vater hatte mit der Luftbüchse nach ihm geschossen, wenn er sich auf ihrem Hof sehen ließ. Seine Frieda nahm keinen Schmuggler, der sowieso mal erschossen werden würde. Sie war damals siebzehn und hatte auf ihren Vater gehört. Ihr ehemaliger Jugendschwarm war inzwischen wirklich an der Grenze erschossen worden. So war aus der Liebe nichts geworden. Und jetzt? Liebte sie ihn, Jochen? So schnell konnte sie es gar nicht wissen, sie war nicht umsonst ein spätes Mädchen mit ihren dreißig Jahren. Aber wenn sie es richtig bedachte, ja, sie wollte ihn, ihren Jochen. Frieda wollte gern Frau Mikoleit werden. Vielleicht noch Kinder haben? Aber die alt und krank gewordene Mutter machte ihr Sorgen. Was würde aus ihr werden, wenn sie, Frieda, sich nicht mehr so um sie kümmern konnte? Sie würde Adomischken natürlich nach ihrer Hochzeit verlassen und in Baltupönen leben. Die Mutter aber lachte sie aus: »Ich freue mich für dich, so ein guter Mann, und einen großen

Enkelsohn bekomme ich auch gleich noch dazu. Es ist doch nicht weit entfernt, die paar Kilometer. Wir können uns leicht besuchen. Guck mal, du würdest doch nicht auf dein Leben verzichten wollen, um bei uns zu sein? Gertrud, Adolf und Meta sind in Berlin verheiratet, die seh ich nur alle Jubeljahre mal, die fragen gar nicht, wie es mir geht. Die haben jetzt genug mit sich selber und den Bombardierungen, dem Kummer und den Sorgen im neuen Krieg dort zu tun. Hoffentlich geht alles gut und sie bleiben mir gesund, hoffentlich überleben überhaupt alle unsere Lieben dieses Chaos. Nein, nein, ich bin froh, wenn du versorgt bist, es beruhigt mich, dich versorgt zu wissen. Ich hätte auch nie einschichtig bleiben wollen, du wirst dein Leben endlich selber bestimmen und fertig. Mach dir nicht so viele Sorgen, mir geht es gut, und der Krieg wird bald zu Ende sein, kommt sicher nicht bis hierher.« Emmas Worte waren zuversichtlich. In ihrem Inneren jedoch sah es anders aus. Oft beschlich sie ein Gefühl der Verlorenheit. Das Leben war nur so dahingegangen, förmlich fortgeflogen. Trotz großer Familie fühlte sie sich einsam. Die viele Zeit, die sie durch ihre Krankheit jetzt immer hatte, tat ihr nicht gut. »Bald werd ich dich verlassen, fremd in die Fremde gehen«, die erste Zeile aus einem Volkslied, summte sie in einsamen Stunden vor sich hin, aber es tröstete sie nicht.

Im Sommer 1940 heiratete also Emmas jüngste Tochter Frieda trotz Kriegszeiten ihren Jochen. Emma war es sehr zufrieden, nun konnte sie in Ruhe sterben, ihr letztes Kind war versorgt, musste sich nun selber durchs Leben schlagen. Frieda war bei ihrer Hochzeit sogar noch älter als Emma bei ihrer eigenen gewesen war. Es wurde, bei aller Liebe zur Mutter, aber auch Zeit für Frieda. Denn so ganz ohne Familie, ohne Kinder, ging denn das gut für eine Frau, die nicht einmal einen Beruf hatte? Hoffentlich gab es bald wieder Frieden, doch sicher konnte sich da niemand sein. Trotzdem, eine Hochzeit war immer gut, selbst in Kriegszeiten, kündete sie doch vom Glauben der Menschen an die Zukunft. Ja, hoffentlich kam der Krieg gar nicht oder wenigstens nicht so schnell nach Ostpreußen.

Der Krieg nicht, aber Emmas Krankheit kam schnell voran, jetzt, da sie sich um niemanden mehr Sorgen machen musste. Sie durfte noch erleben, wie Frieda ihr erstes Kind, die kleine Monika, bekam. Es war der 06.06.1941, genau zwei Tage nach dem Tod des letzten deutschen Kaisers, der mehr als zwanzig Jahren zuvor nach Holland geflüchtet war. Emma erlebte sogar noch, dass Jochen neben seinem mit in die Ehe gebrachten, nun dreizehnjährigen Sohn ein Jahr nach der kleinen Monika, einen zweiten Stammhalter, Karl-Klaus, bekam. Frieda ging es wie ihr, Emma, erst war sie ewig ledig und dann kam jedes Jahr ein Kind. Denn 1943 war bereits Hansjürgen geboren, ein dritter Junge für Jochen. Aber da war die Krankheit in Mutter Emma schon so weit fortgeschritten, dass sie wusste, sie würde diese Kinder nicht mehr wachsen sehen. Auch ihre großen Enkel Günther, ein Sohn Metas, und Wolfgang, Adolfs Erstgeborener, waren ihr fremd geblieben. Die Entfernung nach Berlin war einfach zu weit. Sie wollte auch ihr Herz nicht wieder an Kinder hängen. Trennungsschmerzen hatte sie genug gehabt. Sie würde sowieso sterben, und das relativ bald. Manches Mal war sie voller Verzweiflung. Dann wieder war dieses Wissen in Ordnung. Nur dass ihr Sterben mit solchen Schmerzen verbunden war, machte ihr zu schaffen.

Und was blieb? Wenn die Schmerzen nicht gar so böse tobten, blieb ihr nur, eine Bilanz zu ziehen. Sie hatte ihr Leben lang hart gearbeitet. Es war ihr gut gegangen und es war ihr schlecht ergangen. Obwohl sie ein spätes Mädchen gewesen war, hatte ihr das Leben noch mehr als genug geboten. Es waren Liebe und

Leid darunter gewesen. In ihrem Umfeld war sie beliebt, aber zu einer richtigen Freundin hatte sie es nicht geschafft. Sagte das etwas Schlechtes über ihren Charakter aus? Doch so war es nicht. Sie hatte einfach nie wirklich Zeit gehabt. Nie hatte sie etwas Großes vollbracht. Sie hatte ihr kleines, einfaches Leben gemeistert. Glück empfunden. Ihre Kinder so gut erzogen, wie sie konnte. Freie Zeit hatte sie kaum kennengelernt. Ihr Leben würde vergehen und bald würde niemand mehr etwas von einer Emma Gehlhaar wissen. Emma aber dachte immer noch sehr gern an den einzigen Urlaub auf der Kurischen Nehrung und an das wunderschöne Sotschi am Schwarzen Meer. Sie hatte dieses Leben in Ostpreußen geliebt, es hatte sie belohnt und es hatte sie enttäuscht. Vier ihrer Kinder hatte Gott wieder zu sich geholt. Würde sie ihre verstorbenen Kinder dort im Jenseits, im Niemandsland, wiedersehen? Sollten all ihre Lieben sie wirklich »drüben« erwarten, wie es die Bibel versprach und wie sie so gern glauben wollte? Ihre kleinen Söhne, die in Russland gestorben waren, und auch Benno wieder im Arm halten? Wie gut wäre das! Vielleicht sogar die Eltern treffen? Mathias, ihren Vater, von dem sie erst im Nachhinein wusste, wie sehr sie ihn geliebt hatte. Der strengen Mutter endlich danken können für ihre lebenslange Fürsorge? Das wäre ihr ein Herzenswunsch.

Wie schnell ihr eigenes Leben doch vergangen war. Eben war sie noch flink zu Emil laufend über den Bach gesprungen und nun taten ihr schon im Liegen alle Knochen weh. Die Kinder, die ihr geblieben waren, sah sie fast nie, sie lebten ihr eigenes Leben, weit weg von ihr. Alle meldeten sich viel zu selten, hatten aber ihren Weg gemacht. Eigentlich war das ja ein gutes Zeichen. »Wenn sie sich nicht melden, geht es ihnen gut«, hatte ihre Mutter immer gesagt, wenn die Brüder damals wenig von sich hören ließen. Man bekam als Eltern nichts zurück, alles wurde immer an die nächste Generation gegeben, auch in ihrer Familie. Manches Mal tat so etwas weh, aber für die, die davon profitierten, war es gut so, dann würden ihre Enkel genügend Zuwendung für ihr Leben bekommen. »An den Enkeln erst sieht man, ob man mit seinen Kindern etwas falsch gemacht hat.« Emma hatte immer geglaubt, dass sie und ihre Kinder eine besondere Beziehung hätten. Die Gefangenschaft hatte sie doch so eng zusammengeschweißt. Aber es erging ihr wie allen anderen Eltern, am Ende war sie allein. Würde der Krieg sie selber noch erreichen? Emma hoffte so sehr, dass es nicht geschehen würde. Man hörte furchtbare Dinge von überall her. Selbst bis an ihr Krankenbett waren hinter der Hand schreckliche Vermutungen gedrungen. Ihre drei Großen saßen in Berlin mitten im neuen Krieg drinnen. Ihr eigenes Leben aber endete, und wenn sie daran dachte, war es gut so, sie wollte nicht ein zweites Mal für viele Jahre aus der Heimat vertrieben werden. Jetzt erst konnte sie sich vorstellen, was ihre Eltern damals bei der Verschleppung im Alter durchgemacht hatten. Ob sie geahnt hatten, dass sie die Heimat nicht wiedersehen würden? Nein und nein, sie selber könnte das nicht auch noch ertragen, jetzt, wo das Leben zur Neige ging, auch noch die Heimat verlieren. Sie hatte bestialische Schmerzen. Wieso hatte sie so etwas verdient, war sie kein guter Mensch gewesen, strafte Gott sie schon wieder für etwas, das sie nicht verstand? Es hieß ja immer, man sollte nicht fragen: »Warum ich?«, sondern eher sagen: »Warum nicht ich?« Kluge Sprüche, solange es einen nicht selbst betraf. Jetzt hatte sie oft Angst. Sie konnte kein Essen mehr vertragen. Auch ihr Lieblingsessen, ein weiches, frisch gekochtes Ei mit Butter, ging gar nicht mehr. Die »Breichen« ihrer Kindheit, Breie, die sie früher an ihre Babys verfüttert hatte, aß sie jetzt selber, wenn sie überhaupt etwas aß.

Emil war keine große Hilfe, er litt es auch nicht gern, wenn sie jammerte, dabei half ihr das leise Klagen und Jammern, es löste sie von den Schmerzen. Emil betete, er betete viel und oft, nun ja, wenn es ihm half. Ihr halfen seine Gebete nicht. Aber wenn sie im stillen Kämmerlein ihre »Lasten« dann einfach auf Gott laden konnte, fühlte sie sich etwas wohler. Da war jemand, der es für sie schon richten würde, das tröstete. Der Doktor gab ihr Spritzen, dann hatte sie kaum Schmerzen. Man musste das Leben einfach leben, wie es sich für einen bot, der eine kämpfte darum, es besser zu haben, der andere konnte es nicht, lebte so, wie Gott und die Menschen es ihm eingerichtet hatten, einfach war es wohl für niemanden. Sie aber, sie hatte das Leben erfahren, ungeschminkt. Ein Leben ohne Hilfen, ohne Beschönigungen, ohne Verdecktes, ohne Kompromisse. Es war ihr in all den Wirren zwischen den Kriegen davongeflogen wie die Mutzekiepchen, die Mariechenkäfer von den Kinderhänden in dem alten pommerschen Straßenlied. Nichts ließ sich halten. Trotzdem oder gerade auch deshalb war es schön gewesen, hatte es Glück gegeben, das wusste Emma sicher. Solange alles gut ging, war es immer zu kurz. Jetzt zum Sterben aber war es zu lang.

Emma brauchte die Gesamtevakuierung Ostpreußens, die »ethnische Säuberung«, der die alliierten Mächte zugestimmt hatten, nicht mehr erleben. Ostpreußen, ihre Heimat, gab es nicht mehr, von Adomischken blieben letztlich nach vielen Jahren Besatzungszeit zwei Grundstücke erhalten, alles andere wurde dem Erdboden gleichgemacht.

Emma aber tat, was sie ihr Leben lang ach so gerne tun wollte, sie ging auf eine letzte große, endgültige Reise, und sie hatte wieder einmal nicht aussuchen dürfen, wann und wohin. Sie starb an Magenkrebs am 21.12.1943, drei Tage vor dem Heiligen Abend, in ihrem geliebten Adomischken. Es war das letzte Weihnachtsfest, das die Familie dort noch ahnungslos feierte, ehe sie Haus und Hof, ja die ganze Heimat zusammen mit allen anderen Bewohnern, Verwandten und Freunden für immer verlassen mussten. Ostpreußen wurde als Teil Deutschlands auf der Landkarte ausradiert, lebt heute nur noch in den Erinnerungen, Büchern und Geschichten der Alten oder deren Nachkommen. Polen, Litauer, Russen und ein kleiner Teil deutsche Bürger leben nun ihrerseits friedlich dort, machen oder behalten das ehemalige Ostpreußen jetzt als ihre Heimat und sind dort glücklich oder auch nicht, das Land selber aber ist schön wie in alten Zeiten, fruchtbar, bezaubernd und voller Störche.

Epilog

Keiner von Emmas vier, damals noch lebenden Kindern und auch nicht ihr Mann Emil fielen dem Zweiten Weltkrieg zum Opfer. Ihre Lebensräume, Lebensumstände, besonders Emils und Friedas, dagegen wurden stark verändert und eingegrenzt, abgesehen davon, dass sie alle den Zweiten Weltkrieg in seiner ganzen Schrecklichkeit noch aushalten mussten und dadurch zum Teil lebenslange seelische Leiden zu ertragen hatten.

Emil:
Ja, auch Emil musste den neuen Krieg noch voll erleben, als er in Ostpreußen zu wüten begann. Mit Frieda und den Kindern sowie einem russischen Kriegsarbeiter, der nicht nach Hause wollte, ging er auf die Flucht. Friedas Jochen war als Soldat eingezogen, konnte nicht helfen. Emil aber verlor auf der Todesfahrt über das zugefrorene Haff bei Nacht seine Familie. Dickköpfig, wie er war, wollte er laufen. Da wegen der Flieger im Stockdunkeln gelaufen und gefahren werden musste, sah man natürlich kaum eine Handbreit weit. So ging er seiner Familie verloren. Er rettete sich aber nach Hedwigenkoog bei Büsum, wo er noch acht Jahre in einem Altenheim lebte. Zu einem seiner Kinder ziehen wollte er nicht mehr, dort in Hedwigenkoog ging es ihm gut. Er starb am 03.04.1953, neun Tage vor seinem 73. Geburtstag.

Gertrud:
Sie hatte bald nach Meta geheiratet. Sie lebte ihr Leben lang im Westberliner Wedding, gegenüber dem Virchow-Krankenhaus. Nach der Dienstverpflichtung als Trümmerfrau und als Näherin in einer Bekleidungsfabrik ging sie nie mehr in irgendeinem Beruf arbeiten. Gertrud lebte ein ruhiges Hausfrauenleben,

wie sie es sich schon in Russland gewünscht hatte, mit viel Lesen und Spazierengehen in ihrem Berliner Wedding. Sie ließ es sich gut gehen und genoss es immer, nie so viel wie andere arbeiten zu müssen. Sie hatte keine eigenen Kinder, liebte aber ihren Neffen Wolfgang sehr, und auch Monika hielt sich häufig bei ihr auf, wurde wie sie Kindergärtnerin. Die Kinder ihrer Geschwister waren oft wochenlang bei ihr zu Besuch und verdankten ihr neben allerlei lebenswichtigen Kenntnissen die Liebe zum Lesen und unerschöpfliche Kinobesuche. Die Kinder liebten Gertrud, weil sie immer Zeit hatte, Zeit für Fragen aller Art, Zeit für alles und jeden. Ihr Mann, auch ein Emil, mit dem sie letztendlich über sechzig Jahre verheiratet sein sollte, war einer von den Stillen, gelernter Fleischer, aber nach dem Krieg bei der Firma Bolle, einem Milchbetrieb in Berlin, als Kraftfahrer tätig. Gertrud pflegte nur noch zu zwei Familien aus Ostpreußen Freundschaften, zu Hackelbergs und Oldenburgs, die in ihrer Nachbarschaft lebten. Im späten Alter wurde sie blind und lebte nur noch durch einen Herzschrittmacher. Sie wurde 84 Jahre alt. Emil überlebte sie, obwohl er älter als sie war, um zwei Jahre.

Adolf:
Er hatte sich schon jung verheiratet, mit der einzigen Freundin, die er je hatte, Lene. Mit ihr bekam er einen Sohn, Wolfgang. Er lebte in Berlin-Hoppegarten, war Schweißer und einer der ersten »Aktivisten« der ehemaligen DDR. Adolf blieb sein Leben lang so arbeitsam und fleißig, wie er es in seiner Jugend gewesen war. In späteren Jahren sollte ihnen beiden noch eine kleine Nachzüglerin, Ch., geboren werden. Auch seine Frau war ihr Leben lang »nur« Hausfrau. Adolf war immer besonders stolz darauf, dass er trotz DDR und der schwierigen Zeiten seine Familie ganz alleine ernähren konnte. Adolf und Lene hatten das Unglück, ihren Sohn schon im dreißigsten

Lebensjahr durch einen Unfall zu verlieren. Er war nachts mit dem Rad gestürzt und ohnmächtig liegen geblieben. Da es Winter war und ihn niemand fand, erfror er am Wegesrand. Zuletzt zogen die beiden Alten von Berlin weg, in die Nähe ihrer Nichte Monika. Dort beschlossen Adolf und seine Frau ihren Lebensabend im Belziger christlichen Altenheim. Adolf wurde trotz oder durch lebenslange schwere Arbeit über neunzig Jahre alt.

Meta:
Meta, die einen entfernten Cousin Walter geheiratet hatte, brauchte ihren Mädchennamen nicht zu ändern. Sie war und blieb eine Gehlhaar. Durch die Liebe zu ihm heiratete sie früher als ihre ältere Schwester, bekam von Gertrud, wie damals üblich, einen wunderschönen langen Schleier geschenkt, den man beim Fotografieren gut vor den Füßen drapieren konnte. Später gab sie Gertrud dann aber nur einen hüftlangen Schleier zurück, weshalb Gertrud sich nicht fotografieren ließ, sie meinte, dass sie sich des kurzen Schleiers wegen an ihrem eigenen Hochzeitstag schämen müsste. Aber es waren ja Kriegszeiten. Und statt darüber zu lachen, wurde dieses Thema ein lebenslanger Zankapfel zwischen den beiden, sowieso recht ungleichen Schwestern. Meta und Walter bekamen bald ihren einzigen Sohn, G., einen ruhigen netten Jungen, klug und geschickt wie alle Gehlhaars. Walter, Metas Mann, arbeitete in einer Bank und vertrug sich nicht gut mit dem »Arbeiter« Emil, Gertruds Ehemann, und seiner politischen Einstellung. So drifteten die Geschwister, trotz der Verbundenheit damals in Russland, auseinander. Gehlhaars Nummer zwei lebten ein zurückgezogenes Leben in ihrer Familie, mit wenigen Freunden. Sie hielten jedoch die Verbindung zu den alten Berliner Geschwistern ihrer Mutter Emma aufrecht. Wolfgang und Monika lernten durch Meta

noch ihre Großonkel Adolf und Fritz kennen. Am 28.10.1981 starb Meta schon mit 74 Jahren, sie hatte trotzdem ihren Mann um Jahre überlebt.

Frieda:

Die Jüngste von Emmas lebenden Kindern landete nach dem Krieg, sehr bescheiden lebend, in Treuenbrietzen. Ihr Jochen, den sie ja erst im Krieg, noch in Ostpreußen, geheiratet hatte, überwand den persönlichen Prestigeverlust nie. Alles, was er im Leben aufgebaut hatte, ging im Krieg verloren. Alles war nun anders als in Baltupönen. Wollte er damals einen Dampfer auf der Memel benutzen, wartete dieser, wenn es sein musste, auf ihn. Einen Herrn Mikoleit ließ man nicht am Ufer stehen, schließlich war er Miteigentümer. Und jetzt? Wer kannte hier schon einen alten fremden Flüchtling? Zwei seiner Söhne, sein Geschäft, die Bürgermeisterehre, sein Schiff, sein Haus und Hof, nicht zuletzt seine angestammte Heimat Ostpreußen fraß dieser Krieg. Obwohl ihm Frieda noch eine süße kleine Tochter, Brigitte, schenkte, verzweifelte er an den neuen Umständen. Er kränkelte und starb schon im 61. Lebensjahr an einem Herzschlag. Frieda, die mit ihren beiden Mädchen und 45 Ostmark in der Tasche allein geblieben war, führte ein arbeitsames, ruhiges, stetiges Leben, obwohl sie wieder hätte heiraten können. Ihre kleinen Freuden im Dasein waren die Kinder, später auch die Enkel. Aber auch ihr Radio, das Kino oder ihr wöchentliches »Kaffee-und-Kuchen-Kränzchen« waren ihr lieb. Es waren Kolleginnen aus ihrer Arbeitsstätte, der Gerichtslaube in Treuenbrietzen, Frau R. und Frau L., die in einem netten Frauenfreundschaftskreis das einfache Leben etwas verschönten. Auch mit einigen Nachbarinnen pflegte sie Freundschaft. Seelische Hoch- oder Tiefpunkte zeigte sie ihrer Umwelt nie, sie hatte sie mit ihren verlorenen Söhnen und ihrem Mann beerdigt. Eine kleine Anteilserbschaft von Emmas

Lieblingsbruder Adolf, der in Berlin wohlhabend, aber einsam verstorben war, wurde ein kleiner Höhepunkt in Friedas Leben. Im Alter von 83 Jahren erlitt sie einen Schlaganfall und starb am 06.02.1991.

Das wirkliche Leben schreibt oft die seltsamsten Romane. Es geschehen Dinge im Leben, die sich keiner so ausdenken könnte. Das Leben ist einfallsreicher als jede Fantasie, wobei Letztere in diesem Buch eine größere Rolle spielt. So ist dies keine wirkliche Biografie, sondern mehr eine Erzählung, mit authentischen Berichten durchsetzt. Auf einer Busreise gelang es mir, mit Hilfe interessierter Menschen und sogar einem Zeitzeugen aus dem Memelgebiet, Paul Gerul, Situationen und Beschreibungen im Buch auf ihre Authentizität hin zu überprüfen. Ein Sittenporträt bäuerlicher Ostpreußen zu schaffen, besonders der Bewohner des Memellandes, ihr Fühlen, Denken, Handeln in verschiedensten Lebenssituationen zu beschreiben, lag mir am Herzen. Diese Geschichte hier zeigt eines der ganz »normalen« Leben, den Mut und die Überlebenskraft der Vorfahren eines bald vollständig verlorenen Volksstammes. Überlebenskraft, gewonnen aus der Verbundenheit zur Heimat, der Erde, der Scholle, der eigenen Familie und nicht zuletzt aus den vielen alten, damals noch gelebten Traditionen. Sie waren einfache Leute, diese Familienhelden, nicht besonders reich oder begabt, wohl kaum für etwas Großes talentiert. Sie lebten einfach ungeschminktes Leben, das ihnen davonflog. Die letzten Zeitzeugen und Enkel haben in meinen Augen die moralische Verpflichtung, ihr Wissen nicht verloren gehen zu lassen. Es ist gut, wenn auch die einfachen Menschen und ihre Schicksale aus einem Volk, das es als Ganzes nicht mehr gibt, nicht vergessen werden.

Danksagung

Ich möchte mich an dieser Stelle bedanken bei meiner Mutti, Frieda Mikoleit, die mir über viele Jahre immer wieder von Zuhause, von ihrem Ostpreußen erzählte, und bei Paul Gerul, der über den Handstreich der Litauer im Memelland genau Bescheid wusste. Ich danke Herrn Gemmel ganz herzlich dafür, dass er mir die Gedichte seines früh verstorbenen Vaters zur Verfügung stellte, und auch der Familie Radziwill aus Bad Oldesloe, die mir die recherchierten Unterlagen über unsere gemeinsamen Urväter zur Verfügung stellten.

Vieles zu diesem Buch beigetragen hat auch Edwin Teichert, das letzte mir bekannte ostpreußische »Urgestein«, der mit Sprache und Jagdhorn Munteres aus der alten Heimat wiedererstehen ließ und so auch das Verständnis für diesen Menschenschlag. Durch seine Art gelang es ihm, »alte Zeiten« wiederzubeleben. Des Weiteren danke ich der Familie Rasztuttis aus Brandenburg und Frau Edeltraut Hölzer, die uns auf Reisen an ihrem Wissen über Ostpreußen teilhaben ließen, sowie Roland Hoffmann, der uns in Ostpreußen an die Hand nahm und trotz Ärger nach Adomischken brachte, durch sein geduldiges Bereitstellen von Literatur ermöglichte er mir gründliche Recherchen. Ein Dankeschön natürlich auch an Tante Hildchen (Schriftstellerin Hildegard Rauschenbach) und ihren Heinz, für ihrer beider fürsorgliches Eingreifen nach Beendigung des Buches. Liebe Anke, auch dir meinen Dank für die wunderschönen Illustrationen. Danke auch meinem BoD-Verlag, sowie den dortigen für mich hilfreichen Geistern Frau Ollmann und der Lektorin Frau Barth.

Monika Stechbart

Emmas, später Friedas Grundstück 1910 in Adomischken (Kreis Tilsit)

Im weiten Memelland 2010

Ein Fluss im Memelland 2010

Das Memelland, kurz vor Adomischken

Ein einsamer Hof bei Adomischken

Letzte Grundstücke, gefunden noch 2010 in Adomischken

Das verschollene Dorf 2010

Ein Gewässer bei Adomischken

Die Jura bei Adomischken

Allgegenwärtige Frischhaltebunker auch noch jetzt 2010 in den
einsamen Gegenden Ostpreußens

Verfallene Scheune im Vordergrund, links wieder ein
Lebensmittelfrischhaltebunker

Ein verfallener Bunker an einem Grundstück

Es gibt auch noch heute viele Storchennester,
viele davon auf Stelzen gesetzt

Literaturhinweise

Landkarte »Nördliches Ostpreußen mit Memelland«, von 1985–2005, Höfer Verlag

»Geschichte Ost- und Westpreußens« von Bruno Schumacher, Weltbild Verlag 1994.

»Ostpreußen. Wegweiser durch ein unvergessenes Land«, von Georg Hermanowski, Bechtermünz Verlag 1996.

»Ostpreußisches Hausbuch«, Husum Druck- und Verlagsgesellschaft 1989.

»Bilder aus Ostpreußen«, von Werner Buxa, Weltbild Verlag 1990.

»Nidden. Künstlerkolonie auf der Kurischen Nehrung«, von Jörn Barfod. Verlag Atelier im Bauernhaus 2005.

»Von Ostpreußen nach Kyritz«, von Ruth Leiserowitz, Brandenburgische Landeszentrale für politische Bildung 2003.

»Zuhause in Pillkallen«, von Hildegard Rauschenbach, Rautenberg Verlag 2003.

»Vergeben ja, vergessen nie«, von Hildegard Rauschenbach, Westkreuz-Verlag 2001.

Eine Fernsehsendung im NDR, »Reise durch Ostpreußen«, Alte Heimat neu entdeckt, von Heidi Sämann und Dörte Westermann.